Verlag an der Ruhr

Impressum

Titel:

Spiele zu Kinder- und Jugendbüchern –
für Schule, Kinder- und Jugendarbeit

AutorInnen:

Paul Rooyackers und Saskia Heerkens

Illustrationen:

Stefan de Groot

Titel der niederländischen Originalausgabe:

Spelen met jeugdboeken: voor onderwijs en jeugdwerk

Verlag an der Ruhr
Postfach 10 22 51
45422 Mülheim an der Ruhr
Tel.: 02 08–49 50 40
Fax: 02 08–495 0 495

Übersetzung:

Cordula Quadt

Druck:

Uwe Nolte, Iserlohn

ISBN:

3-86072-419-3

Die Schreibweise des Textes folgt der reformierten Rechtschreibung.

Gedruckt auf chlorfrei gebleichtem Papier.

Inhalt

Vorwort

Dieses Buch enthält über 80 Spiele zu Kinder- und Jugendbüchern. Unter den ausgewählten Titeln befinden sich sowohl Klassiker als auch neuere Werke. Ausschnitte aus diesen Büchern sind Grundlagen für unterschiedliche Arten von Spielen. Die Auswahl der Bücher und Textstellen kam in Rücksprache mit Fachleuten zu Stande.

Die verschiedenen Spielarten

Die Spiele haben häufig mehrere Varianten und sind in Serien eingeteilt, denen jeweils eine kurze Einleitung vorausgeht. So gibt es Sprechspiele, Sprachspiele, Schreibspiele, Erzählspiele, Malspiele, Bastelspiele, Fantasierspiele, Bewegungsspiele und Theaterspiele.

Die Spiele sind aus der Praxis heraus entstanden und haben sich vielfach bewährt. Sie können ohne allzu viel Erfahrung durchgeführt werden. Bevor sie mit einer Gruppe gespielt werden, sollten sie jedoch vom Spielleiter vorbereitet werden. Es gibt Spiele zu drei unterschiedlichen Altersstufen: 4–9 Jahre, 9–13 Jahre und 13–17 Jahre. Es gibt vielfältige Spielformen zu den Textausschnitten.

Für wen ist dieses Buch bestimmt?

Die Spiele sind für die Arbeit mit Gruppen in und außerhalb der Schule gedacht und wenden sich an Kinder und Jugendliche zwischen 4 und 17 Jahren. Auch für die Arbeit mit Kindern, die Deutsch als Fremdsprache lernen, ist dieses Buch sehr gut geeignet.

Spiele zu Büchern

In diesem Buch geht es um Spiele zu Büchern. Bücher und Spiele ergänzen und unterstützen sich gegenseitig. Den Autoren ging es bei der Auswahl nicht darum, die schönsten Passagen aus den Büchern aufzunehmen. Vielmehr standen die Spielmöglichkeiten, die Kriterien und die Themen im Vordergrund.

Spiel, Textausschnitt und Alter

Jedes Spiel wurde für einen bestimmten Textausschnitt entwickelt. Viele Spiele können jedoch auch für ein anderes Textbeispiel oder eine andere Altersstufe verwendet werden. Selbstverständlich sind in diesem Fall entsprechende Anpassungen erforderlich.

Zum Inhalt

Das Buch setzt sich aus zwei Teilen zusammen. In der Einführung wird zunächst definiert, was ein Buch ist und was sie bewirken kann; ferner wird der theoretische Hintergrund des Spiels beleuchtet. Danach wird auf die Zielsetzungen des Spiels zu Büchern näher eingegangen. Auch der Spielleiter spielt eine wichtige Rolle. So erfährt er unter anderem, worauf er bei der Textauswahl achten muss und wie er ein Gruppentreffen vorbereiten und durchführen sollte.

Der Hauptteil enthält die Textausschnitte, eine kurze Inhaltsangabe des betreffenden Kinder- oder Jugendbuchs sowie die Spiele. Zu jedem Spiel ist angegeben, für welches Alter es geeignet ist, welche Materialien benötigt werden und wie lange es dauert.

Klassiker und solche Bücher, die es vielleicht noch werden

Es wurden sowohl klassische Kinder- und Jugendbücher als auch neuere Werke (die vielleicht noch Klassiker werden) verwendet. Die Auswahl der Bücher geschah nach eigenem Ermessen, stützt sich jedoch auf Empfehlungen von Kinder- und Jugendbuchexperten sowie auf die einschlägige Literatur.

Unser besonderer Dank gilt Joke Thiel und Anneke Roelsma (NBLC), Erwin Robbertz (Jeugdbibliotheek Haarlem), Stieneke Eising (Provinciale Bibliotheekcentrale Noord-Holland) und Liesbeth Hooijberg (Hogeschool Amsterdam), die uns hervorragend beraten haben.

Aus Gründen der Lesbarkeit haben wir beim Schreiben dieses Buchs die männliche Anredeform gewählt. Selbstverständlich ist mit jedem „er“ auch „sie“ gemeint.

Paul Rooyackers/Saskia Heerkens

Haarlem 1995

Für diese Ausgabe haben wir uns an den etwas anderen Lesegewohnheiten und Lieblingsbüchern im deutschsprachigen Raum orientiert. So sind einige, speziell für diese Ausgabe geschriebene Spiele zu bekannten deutschsprachigen Kinderbüchern dazugekommen, die hier eher unbekannte holländische Bücher ersetzen. Zu diesen Büchern zählen sowohl Klassiker, die z.T. schon mit vielen Preisen ausgezeichnet wurden, als auch moderne Titel, die versprechen, Klassiker zu werden. Dabei war für uns entscheidend, dass die Bücher erwiesenermaßen Kinder und Jugendliche in ihren Bann ziehen und zum Weiterlesen anregen.

Verlag an der Ruhr

Mülheim 1999

Einführung

- Bücher und Spiele
- Das Ziel des Bücherspiels
- Die Praxis
- Die Textauswahl
- Die Organisation

Bücher und Spiele

Bücher

Kinder kommen auf vielerlei Weise – durch Elternhaus und Schule, das Fernsehen und interaktive Medien wie CD-ROM – mit Geschichten in Berührung. „Sesamstraße“ und „Die Sendung mit der Maus“, das Radio, Kassetten, Comic-Hefte, Videospiele und Computer sorgen heute für andere Formen des Lesens und Erzählens als früher. Das Fernsehen zum Beispiel, durch das Kinder häufig Bekanntschaft mit Jugendbuchklassikern machen, ermöglicht eine völlig eigene Art des Erlebens. Und doch: Durch Vorlesen kann man noch immer ihre Aufmerksamkeit gewinnen. Den kleinen Körper eng an Vati oder Mutti gekuschelt, reist jedes Kind gern in das Reich der Fantasie. Aber auch in einer Gruppe lassen sich Kinder durch Erzählen oder Vorlesen „entführen“.

Erzählen

Früher wurden Geschichten nicht in Buchform festgehalten, sondern weitererzählt. Zur Zeit der Höhlenbewohner wurden wichtige Erlebnisse auch weitergegeben, indem sie an die Wand gemalt wurden.

Lange Zeit überwog also die mündliche Überlieferung. Erst später fing man an, Geschichten aufzuschreiben. Bei den alten Völkern nahm der Erzähler einen sehr wichtigen Platz ein. Das Erzählen war eine Kunst, auf die sich bei weitem nicht jeder verstand und die auch nur wenige ausüben durften. Häufig war dieses Recht nur dem Dorfältesten, dem Priester und dem Medizinmann vorbehalten. Jeder von ihnen erzählte seine eigene Sorte Geschichten, an deren Kern er nichts Wesentliches verändern durfte. Ein alter Eskimo sagte einmal: „Nicht ich bin es, der spricht, sondern es ist die Weisheit meiner Vorfahren, die aus mir spricht.“

Bei vielen Völkern durfte das Erzählen nicht vor Anbruch der Dunkelheit beginnen. Manchmal konnten Geschichten auch nur an die eigene Gemeinschaft weitergegeben werden.

Kinder kuscheln sich beim Erzählen oder Vorlesen gern an ihre Eltern, doch auch in der Gruppe hören sie gebannt zu. Wie ein Kind eine Geschichte aufnimmt, ist nicht zuletzt davon abhängig, wie sie vorgelesen oder erzählt wird.

Noch immer reisen Kinder gern mit Gulliver zu den Zwergen (Jonathan Swift), mit Jim zur Schatzinsel (R. L. Stevenson), mit Alice ins Wunderland (Lewis Carroll) und mit Phileas Fogg um die Welt (Jules Verne). Jedes Kind ist gern ein Kämpfer wie Don Quijote, Ulenspiegel, der Baron von Münchhausen oder Winnetou.

Eine Geschichte ist ein Kommunikationsmittel. Denn es gibt einen Vorleser oder Erzähler und einen oder mehrere Zuhörer. Geschichten brauchen nicht lang zu sein. Viele arabische Erzählungen sind eher kurz. Ein schönes Beispiel sind etwa die Geschichten über Nasreddin Hodscha (Ulrich Marzolph) oder die Fabeln von Jean de La Fontaine.

Spiele

Spiele sind Katalysatoren. Sie verbinden Dinge, Menschen und Situationen. Spiele sorgen dafür, dass das Erleben eine bestimmte Form erhält.

- Das Nachspielen eines Buches kann Kindern zum Beispiel helfen, besser zu verstehen, was eine böse Hexe alles tun kann, um so die Angst vor einem solchen Geschöpf „wegzuspielen".
- Kinder spielen gern das Leben der Hauptperson in einem Buch nach, um zum Beispiel zu sehen, wie es ist, sich in der Schule daneben zu benehmen wie das Sams oder Pippi.
- Spiel ist für Kinder ein Mittel zu verstehen, was sie hören, fühlen, sehen und empfinden.
- Kinder wollen an einem Buch teilnehmen, sich darin bewegen und erleben, was die Hauptperson erlebt. Welches Kind hat nicht sein Haustier mit Sardinen, Schinken oder Roastbeef gefüttert wie die Ratte, die Kröte, der Maulwurf und der Dachs in „Der Wind in den Weiden" (Kenneth Grahame)?
- Im Spiel wird die Wirklichkeit neu und anders erlebt.
- Im Spiel können Kinder die Wirklichkeit nach ihrer eigenen Vorstellung gestalten und verändern.
- Jede Geschichte öffnet durch das Spiel eine verborgene Tür zur Fantasie.
- In einem Spiel dürfen Fehler gemacht werden.
- In einem Spiel können Kinder untersuchen und ausprobieren, was sie im täglichen Leben nicht können oder dürfen. Sie können sich in jede Geschichte hineinversetzen, sei es in die Hauptperson oder in eine andere Rolle.
  In einem Spiel wird man zum Glück nicht wirklich ...

Bücher und Spiele

In diesem Buch werden die beiden Begriffe Bücher und Spiel zu dem Ausdruck „Bücherspiel" zusammengefügt, um auf diese Weise eine Interaktion zum Ausdruck zu bringen.

Ein Bücherspiel beruht auf einem Erzähltext, der in ein Spiel umgesetzt wird. Dieses kann, muss jedoch nicht in eine Präsentation münden. Ein Bücherspiel bietet vielerlei Bearbeitungsmöglichkeiten: Theater, Tanz, bildhafte oder audiovisuelle Gestaltung, Sprache, Musik usw.

Das Ziel des Bücherspiels

1. **Ein Bücherspiel sollte vor allem Spaß machen**
   Jeder Teilnehmer muss ein Buch genießen können. Dies kann heißen, dass er sich dabei entspannt oder dass er sich in eine der Hauptpersonen hineinversetzt und an allem, was sie erlebt, intensiv teilnimmt. Bei einem Bücherspiel steht das Erleben im Vordergrund. Ein Buch wird auf vielerlei Weise erlebt, was durch die Spielform besonders zum Ausdruck kommt. Durch das Sprechen des Textes erhält das Kind ein anderes Verhältnis zur Sprache. Es erlebt das Buch nicht nur nach, sondern wirkt selbst darin mit. Seine Perspektive verändert sich: Ein Buch zu lesen bedeutet, passiv aufzunehmen, was darin passiert; es zu spielen dagegen heißt, das Geschriebene aktiv zu erleben.

2. **Ein Bücherspiel fördert die Ausdrucksfähigkeit**
   Ein Buch zu spielen, musikalisch oder pantomimisch umzusetzen, zu malen, anders aufzuschreiben, vorzulesen, zu erzählen oder auch nur zu besprechen, bringt Kinder auf viele Ideen. In jede Bearbeitung fließen automatisch eigene Vorstellungen ein. Diese Art von Beschäftigung mit Texten fördert die Ausdrucksfähigkeit von Kindern. Sie erkennen schneller, wie ein Buch aufgebaut ist und welche Gestaltungsmöglichkeiten es bietet.
   Die Sprache sorgt dafür, dass man die Welt mit immer anderen Augen sieht. Dieses Buch enthält Texte verschiedener Autoren mit unterschiedlichen Auffassungen, die es Kindern ermöglichen, zu anderen eine neue Einstellung zu entwickeln. Ein Bücherspiel vergrößert ihre Beobachtungsfähigkeit und ihren Wortschatz, sodass sie sich immer besser auszudrücken lernen.

3. **Ein Bücherspiel fördert die emotionale und soziale Entwicklung**
   Bücher sprechen die Gefühle von Kindern an. Bestimmt erinnern Sie sich an irgendeinen gruseligen Ausschnitt aus einem Buch, das Sie in Ihrer Jugend gelesen haben oder Ihnen vorgelesen wurde. Haben Sie damals etwa nicht am selben Abend unters Bett geschaut um zu sehen, ob ein Geist oder ein Monster darunter liegt? Manchmal bleiben solche Monster noch jahrelang unter dem Bett ... Bücher müssen verarbeitet und verstanden werden (häufig erst nach mehrmaligem Lesen). Ein Kind muss sein Gefühlsleben mit der großen Welt in Einklang bringen und die Fähigkeit erlangen, Wahres von Nichtwahrem zu unterscheiden. Es muss Selbstvertrauen und Gemeinschaftsgefühl entwickeln, seine Gefühle (Wut, Trauer usw.) wahrnehmen und äußern lernen, mit anderen Worten, es muss seiner Persönlichkeit Gestalt verleihen. Bücher bieten Kindern Anregungen, diese wichtigen Dinge mit anderen zusammen zu lernen und zu verfeinern.

4. **Ein Bücherspiel trägt zur Kommunikation bei**
   Ein Buch, das man gelesen, gehört, gespielt oder gesehen hat, trägt zur Kommunikation bei. Man erhält nicht nur Informationen, sondern lernt gleichzeitig die Einstellung des Autors zu dem betreffenden Thema kennen. Bücher öffnen die Tür zu einem neuen Stückchen Fantasie. Wenn jemanden etwas so beschäftigt, dass er da-

rüber nachdenkt, philosophiert und fantasiert, will er mit anderen auch gern darüber sprechen und diskutieren. Ein Buch sorgt für Gesprächsstoff und trägt zur Meinungsbildung bei. Es sorgt dafür, dass man andere Meinungen mit der eigenen vergleicht und an den eigenen Wertmaßstäben misst. Ein Bücherspiel bietet dann Gelegenheit zu prüfen, ob man Recht hat oder nicht. Im Spiel darf man sich in seiner Meinung schon mal irren, ohne deswegen gleich schief angesehen zu werden.

5. **Durch ein Bücherspiel lässt sich ein Text leichter visualisieren und gestalten**
   Nichts ist manchmal schwieriger als im Buchladen oder in der Bibliothek ein schönes Buch zu finden. Am Buchrücken lässt sich meistens nicht ablesen, ob es interessant ist. Der vordere Einbanddeckel vermittelt höchstens so etwas wie eine Stimmung, mehr aber auch nicht. Und die Angaben auf dem hinteren Deckel sind vielfach ebenfalls eher dürftig. Das Lesen eines interessanten Buches eröffnet oft eine ganz neue Welt und das Nachspielen wieder eine. Jedes Buch lässt sich auf vielerlei Weise visuell gestalten. Davon handelt der Hauptteil des Buches. Man kann es zum Beispiel zu einem Dialogbuch umschreiben, wie es bei einem Film geschieht, und es in verkürzter Form spielen. Oder man bearbeitet es als Theaterstück und erzeugt mit Hilfe von Kulissen, Requisiten und Kostümen die dazu passende Atmosphäre. Ein auf diese Weise bearbeitetes Buch wird für den Zuschauer lebendiger.
   Ein gutes Buch verlangt geradezu nach einer Bearbeitung als Spiel. Welcher Leser sähe nicht gern sein Lieblingsbuch als „lebendiges Gemälde" vor sich?

6. **Ein Bücherspiel fördert Lesefertigkeit, Ausdrucksfähigkeit und Spielvermögen**
   Wer ein Buch liest, ist häufig gleich so gebannt von der Handlung, dass er gar nicht darauf achtet, wie er liest. Manche Leser überschlagen sogar ganze Abschnitte um schneller zu erfahren, wie das Buch ausgeht. Wird ein Text gespielt, kann der Zuschauer seine ganze Aufmerksamkeit dem Inhalt widmen, während der Spieler sich vor allem auf die richtige Art des Vortragens konzentrieren kann. Da er den Text aber auch verstehen muss, sollte einer Spielprobe immer eine Leseprobe vorausgehen. Erst danach findet dann die Aufführung statt.
   Die Praxis zeigt, dass junge Darsteller durch solche Proben Texte sehr gut lesen und sprechen lernen (man denke an Lautstärke, Intonation usw.), sodass das Spielen nachher umso mehr Spaß macht und sie schon bald einen neuen Text vorschlagen ...

Die Praxis

Die Aufgabe des Spielleiters

- **Die Vorbereitung der Treffen**

  Jedes Gruppentreffen sollte gut vorbereitet werden. Der Spielleiter überlegt sich, welche Aufgabe er den Teilnehmern stellt und wie er sie am besten an sie heranträgt. Des Weiteren sollte er sich Gedanken machen über den Zeitpunkt, den Ort und die Art der Durchführung. Nicht zuletzt sollte er sich klar darüber werden, wie er das Spiel beginnen und enden lassen will und wann und wie er gegebenenfalls helfend oder korrigierend in den Spielverlauf eingreift.

  Ein Bücherspiel wird am besten in einem möglichst schalldichten Raum mit neutraler Einrichtung gespielt, damit die Kinder nicht abgelenkt werden. Es sollte eine zum Spielen geeignete Atmosphäre hergestellt werden. Die Wände können zum Beispiel mit alten dunkelroten Samtgardinen abgedeckt werden, ein paar Strahler sorgen für stimmungsvolles Licht, die Tische werden zur Seite oder auf den Flur gestellt.

- **Der Ton macht die Musik**

  Eine Aufgabe muss so erklärt werden, dass die Teilnehmer sie verstehen. Eine nicht verstandene Aufgabe wird nicht richtig ausgeführt. Auch der Text, mit dem gearbeitet werden soll, muss vorbereitet werden: Der Spielleiter sollte ihn vor dem Treffen mindestens einmal laut gelesen haben. Dabei kommt es vor allem auf den richtigen Tonfall und die richtige Lautstärke an. Ist man seiner Sache nicht sicher, kann man vor einem Kollegen im betreffenden Gruppenraum eine Probelesung geben und ihn um Rückmeldung bitten.

  Während des Spiels kann es vorkommen, dass der Spielleiter sich einschalten muss. Er sollte dies so ruhig wie möglich tun, genau überlegen, was er sagt, und seine Lautstärke gezielt dosieren. Mit der Stimme lotst er so die Gruppe durch das ganze Spielgeschehen.

- **Einsatz ist alles**

  Damit ein Spiel gelingt, muss eine Gruppe in der richtigen Weise motiviert werden. Eventuelle Stockungen sollten rechtzeitig vorausgesehen und behoben werden. Ein Bücherspiel wird immer um der Teilnehmer willen durchgeführt. Versuchen Sie nicht, es um jeden Preis zu Ende zu führen, wenn die Gruppe schon längst keine Lust mehr hat. Es kann gut sein, dass der geplante Spielverlauf geändert und eigene Ansprüche zurückgeschraubt werden müssen. Ferner sollte man registrieren, wie sich die Gruppe einbringt und Einfälle von Teilnehmern gegebenenfalls in die Spielhandlung einbauen. Stimme und Haltung des Spielleiters entscheiden mit darüber, ob eine Aufführung gern vorbereitet und durchgeführt wird. Bringen Sie sich ein und lassen Sie die Teilnehmer Ihr Interesse spüren. Das verleiht ihnen Sicherheit und kommt der Qualität des Spiels zugute.

- **Kein starres Programm**

Ein Spielleiter muss damit rechnen, dass eine Spielaufgabe bei der Durchführung anders verläuft als vorgesehen. Zum Beispiel kann es sein, dass der vorgesehene Raum besetzt oder jemand krank geworden ist. Es kann allerlei Gründe dafür geben, warum ein Spiel an dem betreffenden Tag anders läuft: Seien Sie darauf vorbereitet und bieten Sie gegebenenfalls ein vergleichbares Spiel (oder eine Variante) an. Notieren Sie nach jedem Treffen in einem Arbeitsheft, ob das Spiel wie geplant verlaufen ist, und beurteilen Sie sich selbst. Vor allem wenn Sie die Gruppe nur einmal in der Woche sehen, empfiehlt sich das Führen eines Arbeitshefts: So wissen Sie immer, was Sie gemacht haben und was anders gelaufen ist als vorgesehen.

Am Ende jedes Treffens sollten Sie die Teilnehmer nach ihren Eindrücken fragen und gemeinsam planen, wie es beim nächsten Mal weitergehen soll. Auch die Beurteilung seitens der Gruppe sollte jedes Mal notiert werden.

- **Die Teilnehmer beobachten**

Spielleiter und Teilnehmer stehen in einer Wechselbeziehung zueinander, in der jeder auf den anderen angewiesen ist. Sie müssen aufeinander achten und eingehen und regen sich dadurch gegenseitig an. Der Spielleiter will, dass seine Vorschläge Anklang finden und alles wie geplant verläuft. Der Teilnehmer führt eine Aufgabe umso motivierter aus, wenn er merkt, dass ihm Beachtung geschenkt und seine Ideen aufgegriffen werden. Vereinbaren Sie mit der Gruppe, dass jederzeit Verbesserungsvorschläge gemacht werden können. Jemanden zu motivieren bedeutet, konstruktiv mit seinen Texten und Bemerkungen umzugehen. Alles besser wissen zu wollen, wird sich letztendlich gegen Sie wenden! Sagen Sie den Teilnehmern, wie sie über verschiedene Vorstellungen und Meinungen am besten miteinander diskutieren. Jeder Text vermittelt eine bestimmte Auffassung, die bei dem einen auf Zustimmung, bei dem anderen vielleicht auf Ablehnung stoßen wird. Lernen, damit umzugehen und andere Meinungen zu akzeptieren, sind zwei der wichtigsten Kriterien bei der Arbeit mit diesem Buch! Sorgen Sie dafür, dass jeder zu Wort kommt und niemand in einer Diskussion plötzlich untergeht. Überprüfen Sie sowohl während als auch nach dem Treffen, ob vielleicht jemand gekränkt oder beim Spielen und Diskutieren nicht genügend berücksichtigt worden ist. Notieren Sie in Ihrem Arbeitsheft, was Sie bei einem nächsten Gruppentreffen eventuell anders machen müssen und wem Sie besondere Aufmerksamkeit schenken oder helfen wollen.

- **Wer sind die Teilnehmer?**

  Der Spielleiter stellt vor Beginn des Treffens fest, wie groß die Gruppe ist und wie alt die Teilnehmer sind. Er benötigt eine Namenliste, in der er sich notiert, wie viele Jungen und Mädchen in der Gruppe sind, wer schon einmal ein Bücherspiel (oder Bücher) gespielt hat und welche Teilnehmer eventuell in irgendeiner Weise besonders berücksichtigt werden müssen.

  Hat die Gruppe bereits früher mit Spielen gearbeitet? Wenn ja, in welcher Form und mit wem? Sind Bücherspiele bekannt? In welcher Weise? Auf welchem Niveau?

  Eine Gruppe, die noch nie Texte vorgetragen hat, erhält am Anfang natürlich weniger schwierige Aufgaben als eine, die damit bereits Erfahrung hat. Letztere betrachtet es sogar als eine Herausforderung, schon nach wenigen Treffen selbstverfasste Texte sprechen zu dürfen. Der Spielleiter prüft, was die Teilnehmer gut können und was nicht. Das heißt jedoch nicht, dass ein Kind, das gut erzählen kann, jedes Mal dafür ausgewählt wird oder ein Stotterer zum Vortragen gezwungen wird. Versuchen Sie zunächst durch Kennenlernspiele zu erfahren, wo jeder Einzelne steht.

  Der eine Teilnehmer mag bereits daran gewöhnt sein Texte zu spielen, der andere nicht. Bereiten Sie für die ersten Treffen immer mehrere Texte vor, mit denen dieselbe Aufgabe ausgeführt werden kann. Geschmäcker sind verschieden und manchmal stößt eine Passage auf Widerstand.

  Stotterer erwähnten wir bereits. Auch Legastheniker oder Kinder, die es schrecklich finden etwas laut vorzulesen oder vorzutragen, sind häufig anzutreffen. Prüfen Sie daher vor Beginn, ob das geplante Spiel für solche Teilnehmer geeignet ist.

  Auch Neulinge gilt es zu berücksichtigen. In Schulen kommt es häufig vor, dass während des Schuljahres ein neuer Schüler in die Klasse kommt. Teilen Sie ihm eine (bescheidene) Rolle zu und beziehen Sie ihn sofort mit ein.

Die Textauswahl

Die Spielmöglichkeiten eines Textes

Ein Bücherspiel steht und fällt mit einem geeigneten Text. Das vorliegende Buch enthält Ausschnitte aus bekannten Kinder- und Jugendbüchern. Jede Passage umfasst ungefähr 12 Zeilen. Dabei wurde darauf geachtet, dass sie durch das eine oder andere Spiel in eine Darstellung umgesetzt werden kann.

Selbstverständlich sind die hier aufgenommenen Textbeispiele auch ohne eine solche Präsentation interessant. Wir waren bestrebt, Stellen auszuwählen, die in sich abgeschlossen sind. Auch auf die thematische Vielfalt wurde geachtet. Jeder Ausschnitt behandelt ein anderes Thema oder eine Variante eines bereits bekannten Themas.

Ein Text bietet Möglichkeiten der Umsetzung in ein Spiel, wenn eine oder mehrere der folgenden Voraussetzungen erfüllt sind:

- Es handelt sich um einen kleinen Dialog mit kurzen Sätzen.
- Er enthält möglichst wenig schwierige Wörter.
- Er besteht aus der Kombination eines Erzählteils mit einem Dialog.
- Er kann während des Vortragens von anderen direkt visuell umgesetzt werden.
- Er bietet die Möglichkeit zu einem Sprachspiel.
- Es handelt sich um einen kurzen Monolog, der von einem Teilnehmer leicht allein gespielt werden kann.
- Er lässt sich in ein Theaterspiel umsetzen.
- Er kann als Frage oder als Anklage vorgetragen werden.
- Die Situation, in der die Hauptpersonen sich befinden, eignet sich für eine Form der bildhaften Gestaltung.
- Er lässt sich in Pantomime oder Tanz umsetzen.
- Er bietet die Möglichkeit einer spannenden Bearbeitung.
- Sein Rhythmus bietet sich zum Spielen an.
- Er enthält Möglichkeiten der stimmlichen Bearbeitung.

Ein Textausschnitt soll Fragen aufwerfen, die im Spiel gelöst werden dürfen. Auch sollten Thematik, Spannung oder Inhalt zur Bearbeitung einladen. Ein Text ist ungeeignet, wenn zu viele Änderungen notwendig sind, um ihn spielbar zu machen. Die Teilnehmer müssen sich sofort angesprochen fühlen.

Die Thematik eines Textes

Die ausgewählten Passagen sollten für eine größtmögliche thematische Vielfalt Gewähr leisten. Auch war für uns ausschlaggebend, ob ein Ausschnitt zum Beispiel in irgendeiner Weise besonders ergreifend war oder eine ungewöhnliche Auffassung enthielt.

„Gute Nacht, Zuckerpüppchen" von Heidi Glade-Hassenmüller ist ein Beispiel für eine sehr eindringliche Bearbeitung des Themas „Sexueller Missbrauch". „Der Kleine Bär" von Minarik und Sendak behandelt das Thema „Wünsche" auf so unschuldige und rührende Weise, dass es schade wäre es nicht zu verwenden.

Kriterien der Textauswahl

Bei der Auswahl der Ausschnitte wurden folgende Kriterien zu Grunde gelegt:

- Denkanstöße gebend
- ergreifend in Bezug auf Inhalt/Sprache/Form
- auffälliger Wortschatz
- auffälliger Humor/Ernst
- ein Klassiker
- Empfehlung eines Experten
- Behandlung eines bestimmten Themas
- persönliche Vorliebe
- preisgekrönt (zum Beispiel Deutscher Jugendliteraturpreis)

Die Auswahl eines Bücherspiels

Jedes Bücherspiel ist in sich abgeschlossen. Während eines längeren Gruppentreffens können eventuell mehrere Spiele nacheinander gespielt werden. Welches Buch ausgewählt wird, hängt nicht nur vom Alter der Teilnehmer, sondern auch von Länge, Thema, Aufbau, Stil und Spielmöglichkeiten des Textes ab.

Der Spielleiter muss entscheiden, welcher Text am besten zu den Möglichkeiten und der Erlebniswelt der Gruppe passt. Auch sollte er sich fragen, warum er mit den Teilnehmern gerade diesen Text behandeln will, was er ihnen vermitteln und womit er sie konfrontieren möchte.

Die Planung des Bücherspiels

Bei der Planung eines Bücherspiels sollte man sich folgende Fragen stellen:

- Was kann das Bücherspiel bei den Teilnehmern bewirken?
- Wie erkläre ich das Spiel?
- Ist die geplante Spielform für den Text wirklich geeignet oder ist eine andere besser?
- Eignet sich die angegebene Arbeitsweise (z.B. Arbeit in Paaren) für meine Gruppe? Wie kann ich sie gegebenenfalls anpassen?
- Bei mehreren Gruppentreffen in Folge: Welche Spiele plane ich für die Treffen? In welcher Reihenfolge? Achten sie auf einen guten Start und ein gutes Ende. Schreiben Sie sich den Aufbau vorher stichwortartig auf. Dann sehen Sie eher, wo es hapert.
- Jede Gruppe ist anders. Wie biete ich das Spiel diesmal an?

Kriterien der Buchauswahl

Es wurden nur Ausschnitte aus Kinder- und Jugendbüchern aufgenommen, die entweder noch im Handel sind oder in Bibliotheken ausgeliehen werden können. Hin und wieder kam es vor, dass ein Buch, das wir gern aufgenommen hätten, nirgendwo mehr erhältlich war. So werden in Deutschland zurzeit viel zu wenige Bücher ausländischer Autoren neu aufgelegt. Das ist leider auch bei Autoren aus anderen Kulturkreisen der Fall. Dies ist eine bedauerliche Entwicklung, angesichts derer wir leider feststellen mussten, dass manch (potenzieller) Klassiker aus einer anderen Kultur damit für uns verloren gegangen ist. Möglicherweise kann dieses Buch aber dazu beitragen, Interesse an anderen Kulturen zu wecken.

Die Organisation

Die Vorbereitung eines Bücherspiels

Ein Bücherspiel muss gut vorbereitet werden. Für den Spielleiter ergeben sich dabei u.a. folgende Fragen:

- Was will ich erreichen?
- Wie ist die Ausgangssituation? (Siehe: Wer sind die Teilnehmer?)
- Welcher Text ist für welches Spiel geeignet?
- Welche Hilfsmittel benötige ich?
- Lasse ich die Teilnehmer über das Programm mitentscheiden?
- Mit welchen Problemen muss ich rechnen?
- Erreiche ich auf die beabsichtigte Weise mein Ziel?
- Habe ich das Spiel vorher ausprobiert?
- Sollte ich bei dieser Gruppe eine andere Vorgehensweise wählen?
- Muss ich das Spiel verändern?
- Habe ich ein Alternativprogramm zur Hand, wenn der Plan misslingt?
- Was kann noch schief gehen? (Geben Sie einem anderen Spielleiter Ihr Programm zu lesen.)

Den Spielraum vorbereiten

Wir erwähnten bereits die Bedeutung der Atmosphäre in dem Raum, in dem das Spielgeschehen stattfindet. Alte rote Samtgardinen und ein paar Strahler wirken bereits Wunder. Je nach Art des Bücherspiels kann der Raum wie ein Klassenzimmer eingerichtet bleiben oder müssen Tische und Stühle zeitweilig auf den Flur gestellt werden (etwa bei einem Theaterspiel). Der Spielleiter sorgt dafür, dass für jedes Gruppentreffen ein geeigneter Raum zur Verfügung steht.
Nachfolgend haben wir aufgelistet, worauf Sie bei der Auswahl eines Raumes achten sollten:

- Lenkt die Einrichtung die Kinder nicht zu sehr ab?
- Ist er einladend genug für ein Spiel/ein Buch?
- Kann er gelüftet werden?
- Kann er geheizt werden?
- Kann man darin schreiben/spielen/erzählen?
- Kann eine Bühne eingerichtet werden?
- Wie ist die Akustik? Ist jeder gut zu hören?
- Lassen sich die Möbel kurzzeitig irgendwo anders unterbringen?
- Lässt sich die Beleuchtung stimmungsvoll/funktionell verändern?
- Ist es im Nebenraum nicht zu laut?
- Wie ist der Boden(belag)?
  Auf einem harten Holzboden, mit Neonlicht an der Decke und einer Rockband im

Nebenraum wird sich eine Gruppe nur schwer zum Mitmachen animieren lassen. In der Praxis ist es aber vor allem der Spielleiter selbst, der durch sein Verhalten und seine Persönlichkeit die Atmosphäre bestimmt.

Worauf noch geachtet werden sollte

Auch auf folgende Dinge sollte bei einem Bücherspiel geachtet werden:

- Die Wahl des richtigen Zeitpunkts: Kleinere Kinder können sich am Anfang des Vormittags besser konzentrieren als gegen Mittag; ältere, die nach der Schule vielleicht an einem Kurs teilnehmen möchten, kommen wahrscheinlich lieber abends. Auch Spielaufträge für geistig behinderte Kinder sollte man (u.a. im Zusammenhang mit der Verabreichung von Medikamenten) am Vormittag planen.
- Für kleine Kinder kann es sehr wichtig sein, dass eine Gruppentätigkeit immer am selben Ort stattfindet, da sie sich an vieles erst gewöhnen müssen: an den Spielleiter, die Gruppe, den Raum, den Zeitpunkt usw. Darum sollten Sie zum Beispiel Ihre Vorlesestunde immer in derselben Ecke abhalten.
- Von der Bedeutung der Atmosphäre für das Gelingen eines Spiels sprachen wir bereits. Sorgen Sie dafür, dass diese bis zum Schluss aufrechterhalten bleibt, und geben Sie einem Kind, das nicht mitmachen will, eine andere Beschäftigung.

Der Störenfried

Das Spielgeschehen selbst sollte unter keinen Umständen gestört werden, weder durch oben genannte Faktoren, noch durch einen oder mehrere Teilnehmer. Es kann sehr mühsam sein, eine einmal gestörte Atmosphäre wiederherzustellen.

Wie Sie sich einem Störenfried gegenüber verhalten können:

- Werden Sie nicht ärgerlich, sondern erklären Sie ihm in aller Ruhe, was Sie erwarten und was nicht.
- Lassen Sie ihn, wenn möglich, mit einer anderen Gruppe zusammenarbeiten.
- Bieten Sie ihm eine andere Beschäftigung an.
- Beziehen Sie ihn in Ihre Arbeit mit ein; manche Kinder beschäftigen sich lieber mit der Organisation als mit der Ausführung einer Aufgabe, auch wenn sie durchaus als sinnvoll empfunden wird.
- Lassen Sie ihn die Tätigkeit in einem anderen Raum zu Ende führen.
- Schicken Sie ihn notfalls auf einen Botengang, der mit dem Spielgeschehen zu tun hat (z.B. Strahler beschaffen).
- Schicken Sie ihn in eine Parallelgruppe, in der eine andere Atmosphäre herrscht.
- Sprechen Sie vor Beginn des Spiels ein paar Mal mit dem Störenfried und erklären Sie ihm, was Sie von ihm erwarten.
- Besprechen Sie jedes Treffen am Ende kurz mit ihm und sagen Sie ihm, was gut lief und was nicht.
- Bleiben Sie ihm gegenüber positiv; kaum jemand ist absichtlich lästig.

Der Aufbau eines Bücherspiels

Ein Bücherspiel braucht, wie jede Spielform, eine Einleitung. Danach findet die Kernaktivität in der Gruppe statt, gefolgt von einer Nachbesprechung/Vorführung und einer anschließenden Beurteilung.

Ein Schreibspiel beginnt nicht unvermittelt, beim Vorlesen setzt man sich zuerst gemütlich in einen Kreis und auch ein Theaterstück wird nicht sofort aufgeführt. Jedes Treffen muss eingeleitet werden. Mal genügt bereits ein kurzes Gespräch, mal bedarf es ein wenig mehr Organisation. Einige Spiele in diesem Buch können auch unabhängig, d.h. ohne den dazugehörigen Text, zu einem längeren Gruppentreffen kombiniert werden. Dies sollte man zuvor jedoch ausprobieren.

Es kann sein, dass Sie während des Treffens die Erfahrung machen, dass das Spiel nicht so läuft, wie es soll, dass es zu langweilig ist oder zu lange dauert.

Ein Gruppentreffen kann je nach Alter und Niveau der Teilnehmer zwischen 5–10 Minuten und einem ganzen Vor- oder Nachmittag dauern.

Ein einstündiges Treffen besteht aus maximal 10 Minuten Einleitung, 40 Minuten Kernaktivität und 10 Minuten Abrundung. Die Kernaktivität kann auch aus mehreren kurzen Vorführungen bestehen: Jede Vierergruppe trägt zum Beispiel ein oder zwei Minuten etwas vor.

Ein Bücherspiel braucht gar nicht lange zu dauern. Zur Entspannung können Sie etwa mit kleinen Kindern am Ende des Tages zehn Minuten einen Ausschnitt aus einem Buch behandeln. Ein guter Einstieg in ein Bücherspiel ist das Vorlesen aus dem betreffenden Buch. Nach einem spannenden Moment erfolgt dann die Bearbeitung (zur Überraschung der Kinder haben Sie natürlich gleich das Material zur Hand).

Hauptteil: Die Bücherspiele

- 84 ausgearbeitete Spiele
- basierend auf 75 Kinder- und Jugendbüchern
- für drei Altersstufen

Beschreibung der Spiele

Die in diesem Buch beschriebenen Spiele sind in drei Altersstufen eingeteilt und nach Serien geordnet. Es ist möglich, mehrere Spiele zu kombinieren oder ein einzelnes Spiel so zu verändern, dass es zum jeweiligen Anlass, Thema oder Niveau eines Gruppentreffens passt. Zu vielen Spielen wurden Varianten entwickelt. Dabei handelt es sich vielfach um zusätzliche Bearbeitungsmöglichkeiten auf der Basis einer oder mehrerer Textstellen aus dem selben Buch.

- **Das Alter**

Zu jedem Spiel ist angegeben, von welchem Alter an es für eine Gruppe geeignet ist. Jugendliche lassen sich aber durchaus auch noch für ein Kinderbuch begeistern, während Kleinere zuweilen mit Werken in Berührung kommen, für die sie „eigentlich" noch zu jung sind. So kann es passieren, dass sie im Fernsehen zufällig einen Film sehen, der auf einem bekannten Jugendbuch beruht, und nun Himmel und Hölle in Bewegung setzen, um ihn bis zum Ende sehen zu dürfen. Auch wenn sie vielleicht noch nicht alles verstehen können, so bietet ihnen das Spiel doch die Möglichkeit, die Geschichte zu verarbeiten oder Spannungen, die der Film eventuell ausgelöst hat, abzubauen.

- **Die Dauer**

Es ist jedes Mal angegeben, wie lange ein Spiel dauert. Meistens handelt es sich dabei um eine Mindestangabe in Minuten. Manche Bücherspiele lassen sich durchaus auf mehrere Treffen erweitern. Dies ist jedoch dem Spielleiter überlassen.

- **Der Spielraum**

Im Prinzip können Bücherspiele in jedem Raum durchgeführt werden. Bei Bewegungsspielen wird viel Platz benötigt. Für einfache Erzählspiele genügt es dagegen häufig bereits, durch entsprechende Beleuchtung ein wenig Atmosphäre zu schaffen.

- **Die Teilnehmer**

Die meisten Spiele sind für jede Gruppe und jede Teilnehmerzahl geeignet. Vielfach sind sie so konzipiert, dass in kleinen Gruppen von zum Beispiel vier Teilnehmern gespielt werden kann. Es gibt jedoch auch Aufträge, die von den Teilnehmern allein ausgeführt werden.

- **Das Material**

Für Schreib- und Bastelspiele wird Material benötigt. Sofern dies auch bei anderen Spielen der Fall ist, wird dies eigens erwähnt.

Altersstufe 4–9 Jahre

Als Vier- bis Neunjährige lernen Kinder lesen und schreiben. Zuerst entdecken sie Buchstaben und später ganze Wörter. Deren Bedeutung kennen sie zwar oft noch nicht, doch begegnen sie ihnen überall. Sie wissen zum Beispiel, dass es in einer Imbissbude Eis und Pommes zu kaufen gibt, aber was das Wort eigentlich bedeutet, bleibt ihnen vorläufig noch verborgen.

In dieser Zeit denken, sprechen, lesen und schreiben Kinder in kurzen Sätzen. Im Spiel ahmen sie manchmal Situationen nach, die sie bei den Erwachsenen gesehen haben. Die Kleinen leben in einer Fantasiewelt, deren Stoff sowohl der Wirklichkeit als auch Büchern und Filmen entlehnt ist. Die Literatur für dieses Alter stellt die Wirklichkeit häufig schöner dar, als sie ist. Die Hauptpersonen dürfen Fehler und völlig unrealistische Vorschläge machen, Tiere tragen menschliche Züge und Kleider und immer gehen die Geschichten gut aus – auch wenn darin wirklich einmal etwas Schlimmes passieren sollte.

Für Kinder ist dies eine herrliche Zeit, eine Spielzeugzeit, in der sie sich wie Alice im Wunderland fühlen, mit allen guten und weniger guten Gedanken, die die Erwachsenen ihnen vermitteln. Auch ist es eine Zeit der Aufmerksamkeit und des Schmusens, des Christkinds und der Märchen, der Süßigkeiten und Butterbrote mit Schokoladenkrem, der prächtig ausstaffierten Feen und frechen Zwerge, der riesigen Zoos und Märchenparks und natürlich der wunderschön eingepackten Geschenke von Großeltern und Tanten.

In diesem Alter ist das Vorlesen und Erzählen für die Erziehung von großer Bedeutung. Es sollte jeden Tag geschehen!

Fantasierspiele

Diese Serie enthält Ausschnitte aus Kinderbüchern, die zum Fantasieren anregen. Fantasieren ist für kleine Kinder fast das Schönste, das sie sich vorstellen können. Manche tun es sogar noch lieber als Vanilleeis mit Himbeersoße essen ... Sie können sich dann nämlich alles Mögliche ausdenken und wünschen (und natürlich insgeheim hoffen, dass es sich auch erfüllt). Wer hat nicht als Kind am Nikolausabend seine Schuhe aufgestellt und sich dabei gewünscht, etwas ganz Großes käme hinein, obwohl er genau wusste, dass es nie und nimmer hineinpassen konnte?
Natürlich gehört das Buch „Pu der Bär“ hierher (jedes Kind hat wie Pu schon mal einen Heffalump gesehen) und gewiss auch Armer Pettersson von Sven Nordqvist. Fantasieren ist eine Kunst, mit der jedes Kind groß werden und die es möglichst oft praktizieren sollte, um sie nie wieder zu verlernen. Es sollte daher auch bei jedem Treffen geübt werden, sei es auch nur für ein paar Minuten.

Buch:

- **Pu der Bär** *(A. A. Milne)*
- **Komm mit, Moritz** *(Dieter Wiesmüller)*
- **Armer Pettersson** *(Sven Nordqvist)*

Fantasierspiel:

- **Ein Fantasietier**
- **Eine Traum-Collage**
- **Das Schnarchkonzert**
- **Siehst du, was ich sehe?**

A. A. Milne

Pu der Bär

Ausgabe: • Gesamtausgabe. dtv Verlag (dtv junior extra 70451), 1999. ISBN 3-423-70451-9.

Thema: • Fantasietiere; Freunde; Fantasieren

Kriterien: • lustige Sprache; Klassiker; Meisterwerk

Kurze Inhaltsangabe: • Pu ist ein Bär, der viele Tiere als Freunde hat und mit ihnen allerlei Abenteuer erlebt. Es gibt kleine Missverständnisse und Ängste, doch immer gibt es ein gutes Ende. Pu wird zum Beispiel in einem Kaninchenbau eingeklemmt, Ferkel ertrinkt fast, sie begegnen beinah einem Heffalump und sie machen sich auf die Suche nach dem Nordpol.

Ausschnitt (S. 62): » *Eines Tages, als Christopher Robin und Winnie-der-Pu und Ferkel alle miteinander sprachen, schluckte Christopher Robin das, was er gerade im Munde hatte, herunter und sagte beiläufig: „Heute habe ich ein Heffalump gesehen, Ferkel.“ „Was hat es gemacht?“, fragte Ferkel. „Einfach so vor sich hin gelumpt“, sagte Christopher Robin. „Ich glaube nicht, dass es mich gesehen hat.“ „Ich habe auch mal eins gesehen“, sagte Ferkel. „Jedenfalls glaube ich, dass ich eins gesehen habe“, sagte es. „Aber vielleicht war es gar keins.“*
„Ich auch“, sagte Pu und fragte sich, wie ein Heffalump wohl aussehen mochte. „Man sieht sie nicht oft“, sagte Christopher Robin beiläufig. „Im Augenblick nicht“, sagte Ferkel. „Nicht in dieser Jahreszeit“, sagte Pu. «

Spiel 1: Ein Fantasietier

Alter: ab 8 Jahre

Dauer: 5 Minuten

So geht es: Alle sitzen im Kreis und der Spielleiter liest den Ausschnitt vor. Eventuell erzählt er noch etwas von Pu und Ferkel. Dann denkt er sich ein Fantasietier aus, gibt ihm einen Namen und fordert die Teilnehmer auf, es sich mit ihm zusammen auszumalen. Nach und nach erhält das Tier eine Form, eventuell einen zweiten Namen und beginnt zu leben.
Bei jedem Treffen kann der Spielleiter mit den Kindern fünf Minuten über ein anderes Fantasietier sprechen und nachdenken. So entsteht eine ganze Reihe von Tieren, die selbstverständlich auch modelliert oder gemalt werden können.

Sprachspiele: Pu der Bär steckt voller Sprachspiele und ist schon allein deshalb die Anschaffung wert. Auf S. 56 (dtv) steht ein verkürzt aufgeschriebener Text, der entziffert werden kann, und auf S. 93/94 (dtv) kann zum Beispiel die Aussprache des Wortes „Aha!“ geübt werden.

Dieter Wiesmüller

Komm mit, Moritz

Ausgabe: • Verlag Sauerländer, 1990. ISBN 3-7941-2995-4.

Thema: • Räuber; Träume; Abenteuer

Kriterien: • Der Traum jedes Kindes, einmal einem Räuberhauptmann oder einer Märchenfigur zu begegnen; wunderschöne Bilder

Kurze Inhaltsangabe: • Moritz' Buch über Seeräuber ist verschwunden. Ausgerechnet sein Lieblingsbuch. Als er abends am Fenster seines Schlafzimmers steht, sieht er ein Schiff heranschweben: ein echtes Seeräuberschiff. Er geht an Bord und gelangt in die Höhle des größten Seeräuberhauptmanns. Dort findet er sein Buch, nimmt es und kehrt schnell nach Hause zurück.

Ausschnitt 1 (o. S.): » *Mit seinem großen Federhut in der Hand rannte Moritz aus dem Zimmer, sauste um ein Paar Ecken, dann eine steile Treppe hinauf und stand auf dem Dach seines Hauses. Hier oben war das Reich vom schwarzen Nachbarskater. Aber für den interessierte sich Moritz jetzt überhaupt nicht. Denn das, was er sah, war sehr seltsam. Ein Segelschiff schwebte im leichten Wind am Nachthimmel.* «

Spiel 2: Eine Traum-Collage

Alter: ab 9 Jahre

Dauer: 60 Minuten

Material: alte Zeitschriften, Kleber, Scheren, leere Blätter

So geht es: Moritz nächtliches Abenteuer hat etwas Surrealistisches: Ein Schiff schwebt auf ihn zu. So etwas gibt es normalerweise nicht. In einem Buch ist jedoch alles möglich, in der Fantasie auch und im Traum erst recht. Dieses Spiel handelt davon, was man sich alles vorstellen kann. Der Spielleiter zeigt die Bilder auf der ersten Seite und erklärt, dass sie ohne das schwebende Schiff eigentlich ganz normal aussähen. Dann fragt er die Kinder, wer schon einmal etwas völlig Verrücktes geträumt hat, etwas, das zuerst ganz normal aussah und plötzlich ganz komisch wurde. Nach diesem kurzen Gespräch lässt er die Kinder eine Traum-Collage anfertigen: Ein normales Bild wird mit einem anderen so kombiniert, dass etwas entsteht, das es nicht gibt, z.B. ein Hochhaus, das im Wasser steht, oder ein Flugzeug mitten im Zimmer.

Zuerst schneiden die Kinder große Bilder aus den Zeitschriften aus. Dann suchen sie kleinere und kleben sie auf die großen. Zum Schluss erzählt jedes Kind, um welchen Traum es sich handelt.

Ausschnitt 2 (o. S.): *„Und schon waren sie wieder auf dem Rückweg. „Aber was ist mit dem Schatz?", wollte Moritz wissen. „Psst, still! Die Seeräuber!", warnte Lissi. Doch die hörten und sahen nichts, sondern gaben gerade ein mächtiges Schnarchkonzert."*

Alle Ausschnitte aus: Dieter Wiesmüller, Komm mit, Moritz

Spiel 3: Das Schnarchkonzert

Alter: ab 6 Jahre

Dauer: ein paar Minuten

So geht es: Die Kinder stellen sich vor, was für ein Räuber sie gern wären: groß und stark, klein und dick, mit Holzbein oder lieber Holzarm? Jeder Räuber macht beim Schlafen ein anderes Geräusch. Der eine murmelt, der andere brummt usw.

Der Spielleiter liest den Ausschnitt von dem Besuch bei den Räubern vor und erteilt einer Hälfte der Gruppe den Auftrag, wie Räuber einzuschlafen und zu schnarchen. Die andere Hälfte der Gruppe hört sich das Schnarchkonzert mit geschlossenen Augen an. Nach einer Minute tauschen die Kinder die Rollen und das Spiel wird wiederholt.

Sven Nordqvist

Armer Pettersson

Ausgabe: • Oetinger Verlag, 1997. ISBN 3-7891-6173-X.

Thema: • auf etwas keine Lust haben; sich zum Handeln überreden lassen; Begeisterung gegen Verdrießlichkeit

Kriterien: • humorvolle Sprache und Bilder

Kurze Inhaltsangabe: • Die Katze Findus hat Lust, nach draußen zu gehen, doch ihr Herrchen, der Bauer Petterson, will nicht. Er ist verdrießlich und hat zu nichts Lust, auch nicht auf die verrückten Launen seiner Katze. Sie gibt jedoch nicht auf und schafft es schließlich, dass Pettersson wieder fröhlich ist und mit nach draußen geht.

Ausschnitt (o. S.): » *„Du brauchst dir nicht Leid zu tun, Pettersson“, sagte Findus, „Du hast doch mich. Guck mal!“ Findus trat auf einen Teelöffel, der unter einem Teller lag. Der Teller schaukelte und klapperte auf der Stelle. Findus versuchte den Löffel so fest zu drücken, dass der Teller gegen die Kaffeetasse schlug, damit es ordentlich klirrte.* «

Mit freundlicher Genehmigung des Oetinger Verlages.

Spiel 4: Siehst du, was ich sehe?

Alter: ab 6 Jahre

Dauer: 5–10 Minuten

So geht es: Der Spielleiter liest die Geschichte vor und zeigt den Kindern das Bild, auf dem ein paar schelmische Mitbewohner des Bauernhofs zu sehen sind. Die Katze Findus ist nicht das einzige Tier, das in dem Buch abgebildet ist. Einige der abgebildeten Tiere gibt es wirklich, andere sind erfunden. Einige sieht man sofort, andere muss man erst suchen. Wer gut hinschaut, entdeckt zum Beispiel plötzlich in kleinen Unebenheiten ein paar Seepferdchen auf einem Stuhl oder außerirdische grüngesprenkelte Wesen, die zur Tür hineinsehen. Petterson sieht sie nicht, denn er ist erwachsen. Viele Erwachsene sehen solche Sachen nicht mehr, Kinder wohl. Sie wundern sich gar nicht über solche Entdeckungen. Für sie ist es oft ganz normal, dass bei allem, was sie tun, andere Wesen dabei sind.

Dies ist eine Fantasierübung für zwischendurch. Der Spielleiter erzählt den Kindern etwa, er habe gestern nach Schulschluss auf dem Hof ein ganz kleines Tier zwischen den Fahrradständern gesehen. Es habe gesagt, es käme immer extra dann, wenn der Spielleiter nach Hause ginge. Haben die Kinder zu Hause auch solche Tiere? Hilft ihnen ein Tier bei irgendetwas, zum Beispiel den Hausschlüssel nicht zu vergessen? Die Teilnehmer sollen einmal gut zu Hause Acht geben und am nächsten Tag erzählen, welches Tier sie gesehen haben und was es so alles tat. Wenn Sie diese Übung jeden Tag ein paar Minuten mit den Kindern machen, erhalten Sie nach einer Woche erstaunliche Ergebnisse.

Sprechspiele

Sprechspiele

Im Alter zwischen vier und neun Jahren steht das Sprechen im Vordergrund. Die Kinder reden und fragen viel und ihre Gespräche mit Erwachsenen nehmen immer mehr Form an. Fremden gegenüber sind sie oft noch zurückhaltend, doch bei Bekannten plappern sie munter drauf los. Vor allem unter Altersgenossen wird diese Fähigkeit eifrig geübt. Vierjährigen macht es ungeheuer Spaß, zu fantasieren, sich Sachen auszumalen, die es nicht gibt, oder zu erzählen, was sie gesehen oder erlebt haben. Ein Gruppengespräch am Anfang des Tages (vor einem Spielauftrag) ist hierfür ein geeigneter Rahmen. Auf der Basis eines Textausschnitts kann zum Beispiel geübt werden, aus verschiedenartigen Gefühlen heraus zu sprechen, schnell oder langsam zu reden oder Lautstärke, Spannung und Kraft der Stimme zu variieren.

Buch:

- **Eine Woche voller Samstage** *(Paul Maar)*
- **Urmel aus dem Eis** *(Max Kruse)*
- **Frederick** *(Leo Lionni)*

Sprechspiel:

- **Der Streit**
- **Verschiedene Sprachen**
- **Der Traum**

Paul Maar

Eine Woche voller Samstage

Ausgabe: • Oetinger Verlag, 1998. ISBN 3-7891-1952-0.

Thema: • eigensinniges Verhalten; Angst; Mut; Initiative

Kriterien: • Das Buch ist lustig und absurd. Das Thema ist wunderschön ausgearbeitet und spricht Kinder sehr an. Der Schriftsteller Paul Maar schrieb mehrere preisgekrönte Kinderbücher.

Kurze Inhaltsangabe: • Herr Taschenbier ist ein ängstlicher Mensch, der sich vor seiner Zimmerwirtin, seinem Chef und eigentlich jedem fürchtet, der ihn mahnend oder streng anspricht. Herr Taschenbier hat einen Komplex. Zum Glück begegnet er dem frechen Sams, das ohne nachzudenken handelt und im Gegensatz zu Herrn Taschenbier immer anderer Meinung ist als andere. Dank dieses selbstsicheren Gehilfen ist Herr Taschenbier eine Woche später ein anderer Mensch und schaut mutig in die Welt.

Ausschnitt (S. 94): » *„Wie heißt du?“, fragte er.*
„Robinson“, sagte der neue Schüler und lachte. Es war natürlich das Sams.
„Du sollst hier nicht lachen!“, befahl Herr Studienrat Groll und runzelte die Stirn.
„Warum nicht?“, fragte das Sams.
„Weil man hier nicht lacht“, erklärte Herr Groll.
„Doch, man lacht hier“, stellte das Sams richtig. «

Mit freundlicher Genehmigung des Oetinger Verlages.

Spiel 5: Der Streit

Alter: ab 9 Jahre

Dauer: ein oder zwei Gruppentreffen von je einer Stunde;
je Paar einige Minuten Vorführzeit

Material: Kopien der Seiten 94–97 für jedes Kind

So geht es: Der Spielleiter liest den Dialog auf Seite 94–97 (länger als der Ausschnitt) spannend vor. Dabei achtet er darauf, dass er das Sams anders sprechen lässt als den Studienrat: schneller oder langsamer, höher oder tiefer, lauter oder leiser. Der Dialog endet in einem Streit. Die anfängliche Uneinigkeit steigert sich zu blinder Wut.
Zum Spielen dieser Situation teilt der Spielleiter die Texte aus. Je zwei Kinder tun sich zusammen und verteilen die Rollen. Das Kind, das den Studienrat spielt, muss während des Dialogs immer anders sprechen: wie, steht im Text. Irgendwann platzt er dann vor Wut. Während des Einübens geht der Spielleiter herum, um gegebenenfalls zu helfen.
Beim nächsten Treffen denkt sich jedes Paar selbst einen Streit aus, der immer schlimmer wird. Nach 20 Minuten wird vorgeführt.

Max Kruse

Urmel aus dem Eis

Ausgabe: • Thienemanns Verlag, 1995. ISBN 3-522-16902-6

Thema: • etwas Neues, das die Umgebung beeinflusst; Dinosaurier; Sprachverwirrungen

Kriterien: • lustig; Jugendbuchklassiker; bekannt durch Aufführungen der Augsburger Puppenkiste

Kurze Inhaltsangabe: • Urmel ist ein Dinosaurier, der nach vielen Millionen Jahren auf einer Insel angespült wird und dem verrückten Professor Tibatong in die Hände fällt. Hier trifft er lauter noch komischere Tiere, die alle einen Sprachfehler haben. Urmel sorgt für viel Aufregung und Veränderung.

Ausschnitt (S. 46): » *„Und nun sag ‚Aaaa' – ‚Aaaa!'"*
„Ähhh mähmäh!", blökte das Urmel.
„Gut", brummte Tibatong, „das ist schon ganz schön! Du brauchst es mir nur genau nachzumachen. Sieh mal – so: Mä! Mä!"
„Uh huhu huuuuuu!", buhte das Urmel.
„Na schön: U – u – u – u – u – verstehst du, sag schön deutlich ‚u'!"
„I ihihihiiiiiiii!", wimmerte es.
„Schwärägkeiten, Professor? Wäll es nächt?", plapperte Schusch aus dem Baum. «

Spiel 6: Verschiedene Sprachen

Alter: ab 9 Jahre

Dauer: 10 Minuten

So geht es: Jedes Tier auf der Insel spricht eine eigene Sprache. Eines kann einen bestimmten Buchstaben nicht gut aussprechen, ein anderes spricht eine Sprache, die nur es selbst versteht. Der Spielleiter liest den Ausschnitt und einige Sätze vor, in denen noch andere Tiere mit einem Sprachfehler zu Wort kommen. Sie sind freiwillig beim Professor, um Sprechunterricht zu nehmen. Nachdem alle Kinder sich in einen Kreis gesetzt haben, erteilt der Spielleiter folgenden Auftrag: Jeder tut, als käme er aus einem anderen Land, und stellt sich den anderen vor. Er nennt seinen Namen, sein Alter und seine Hobbys und redet eine Minute darüber. Der Spielleiter ist der Professor.
Es geht darum, dass jedes Kind seine gewohnte Sprechweise verändert, indem es entweder völlig unverständlich redet oder einen Buchstaben durch einen anderen ersetzt. Das ist anfangs gar nicht so einfach, doch mit jedem Treffen klappt es besser. Schließlich können sogar mehrere Buchstaben gleichzeitig verändert werden.

Leo Lionni

Frederick

Ausgabe: • Middelhauve Verlags GmbH für tabu Verlag, München, 1997. ISBN 3-89692-118-5.

Thema: • Fantasie; Sammeln; Poesie

Kriterien: • rührende Bilder und Texte; die Maus Frederick hat einen menschlich-warmen Charakter und ist weise

Kurze Inhaltsangabe: • Der Winter naht. Alle Feldmäuse sind Tag und Nacht damit beschäftigt, Körner und Nüsse zu sammeln. Bis auf Frederick. Der sammelt andere Sachen: Sonnenstrahlen, Farben und Wörter. Das ist sein Vorrat, von dem er im Winter zehrt.

Ausschnitt (o. S.): » *„Und was ist mit den Farben, Frederick?“, fragten sie aufgeregt. „Macht wieder eure Augen zu“, sagte Frederick. Und als er von blauen Kornblumen und roten Mohnblumen im gelben Kornfeld und von grünen Blättern am Beerenbusch erzählte, da sahen sie die Farben so klar und deutlich vor sich, als wären sie aufgemalt in ihren kleinen Mäuseköpfen.* «

Spiel 7: Der Traum

Alter: ab 6 Jahre

Dauer: 10 Minuten

So geht es: Der Spielleiter lässt die Kinder mit geschlossenen Augen erzählen, wovon sie als Maus träumen würden. Vielleicht haben sie schon mal gesehen, wie ein Eichhörnchen in der Nähe eines Baumes Nüsse versteckt. Was denkt es wohl dabei? Ob es sich später noch an alle Stellen, an denen es etwas versteckt hat, erinnern kann?
Zuerst wird mit der Geschichte geübt. Der Spielleiter lässt die Kinder die Augen schließen und sich vorstellen, wie Frederick die Wärme in seinem Herzen und seinem Kopf aufbewahrt. Der Spielleiter stößt ein Kind an und dieses nennt etwas aus der Geschichte, das Frederick tut. Die Augen bleiben dabei zu. Das nächste Kind, das angestoßen wird, nennt eine andere Handlung von Frederick usw.
Dann verlagert der Spielleiter die Aufmerksamkeit der Kinder auf ihre eigene Welt. Damit sie sehen, dass sie keine Angst zu haben brauchen, wenn sie mit geschlossenen Augen angestoßen werden und etwas erzählen, macht der Spielleiter es vor. Ein Kind darf ihn anstoßen und er erzählt einen kleinen Traum von sich selbst: Was er im Sommer gern sammeln würde, um es im Winter zu haben. Danach stößt er die Kinder nacheinander an und fordert sie auf, ebenfalls einen Traum zu erzählen. Dieses Spiel kann jeden Tag mehr Gestalt annehmen.

Sprachspiele

Sprachspiele, insbesondere Wörterraten, bieten dieser Altersgruppe die Möglichkeit, ihr sprachliches Können zu messen. Letztlich geht es dabei um Fragen wie: Was weißt du bereits? Welche Wörter kennst du noch nicht? Aufträge, bei denen Wörter zu behalten sind, werden als Spiel aufgefasst, Lückentexte eifrig ausgefüllt.
Auch der Sprachrhythmus ist nun wichtig. Kleine Kinder behalten einen Text leichter, wenn sie ihn singen oder vortragen können. In diesem Alter steht weniger das Lernen von Fakten als vielmehr der spielerische Umgang mit Sprache im Vordergrund. Wiederholungen, in Gedicht- oder in Prosaform, erleichtern das Behalten. Ein Spiel kann natürlich auch wiederholt werden, vor allem wenn die Kinder dies selbst wünschen.

Buch:

- **Die gesammelten Abenteuer von Peter Hase** *(Beatrix Potter)*
- **Vom kleinen Maulwurf, der wissen wollte, wer ihm auf den Kopf gemacht hat** *(Werner Holzwarth/Wolf Erlbruch)*

Sprachspiel:

- **Wörter raten**
- **Der musikalische Köttel**

Beatrix Potter

Die gesammelten Abenteuer von Peter Hase

Ausgabe: • Diogenes Verlag, 1991. ISBN 3-257-00662-4.

Thema: • unartig sein

Kriterien: • Moral, wie es sie früher gab (erste Ausgabe 1900); deutliche Darstellung der Kind-Erwachsenen-Beziehung

Kurze Inhaltsangabe: • Peter ist ein Hase, der nicht auf seine Mutter hört und wegläuft. Als er den Garten von Herrn Gregersen erkundet, macht dieser Jagd auf ihn. Zum Glück entkommt Peter, im Gegensatz zu seinem Vater ... Ende gut, alles gut.

Ausschnitt (S. 13): » *Er stürmte durch den ganzen Garten, denn er hatte den Weg zum Tor vergessen. Zwischen den Kohlköpfen verlor er den ersten Schuh und bei den Kartoffeln den Zweiten.*

Barfuß rannte er auf allen vieren. Er war jetzt schneller; ich glaube bestimmt, er hätte entwischen können, wäre er nicht in ein Stachelbeernetz gerannt, wo sich die großen Knöpfe seiner Jacke festhakten. Es war eine blaue Jacke mit Messingknöpfen, ganz neu.

Peter gab sich verloren. Er vergoss große Tränen. «

Spiel 8: Wörter raten

Alter: ab 5 Jahre

Dauer: 10 Minuten

So geht es: Der Spielleiter liest den Ausschnitt vor. (Eventuell beginnt er etwas früher.) Beim ersten Mal liest er spannend, denn schließlich geht es um eine Verfolgungsjagd. Beim zweiten Vorlesen lässt er einige Wörter aus, die die Kinder sofort ergänzen sollen. Beispiel: „Er stürmte durch den ganzen ... , denn er hatte den Weg zum ... vergessen." Das Ergänzen von Substantiven fällt dieser Altersgruppe am leichtesten.

Werner Holzwarth, Wolf Erlbruch

Vom kleinen Maulwurf, der wissen wollte, wer ihm auf den Kopf gemacht hat

Ausgabe: • Peter Hammer Verlag, 1997. ISBN 3-87294-407-X.

Thema: • Wer-ist-schuld-Fragen stellen

Kriterien: • Klassiker; wunderschöne Bilder

Kurze Inhaltsangabe: • Als der Maulwurf aus der Erde nach oben guckt, merkt er, dass ihm jemand auf den Kopf gemacht hat. Er weiß aber nicht, wer. Um es herauszufinden fragt er alle, die er trifft und es gewesen sein könnten, ob sie es waren. Schließlich kommt er dahinter, dass es der Hund war. Nun weiß er auch, wem er auf den Kopf machen muss.

Ausschnitt (o. S.): » *„Hast du mir auf den Kopf gemacht?“, fragte er die Kuh, die gerade wiederkäute. „Ich? Nein, wieso? – Ich mach' so!“, antwortete die. (Und – schwuppdiwupp – platschte ein großer, braungrüner Fladen knapp neben dem Maulwurf ins Gras.)* «

aus: Holzwarth/Erlbruch, Vom kleinen Maulwurf, der wissen wollte, wer ihm auf den Kopf gemacht hat. Peter Hammer Verlag Wuppertal, 1989

Spiel 9: Der musikalische Köttel

Alter: ab 6 Jahre

Dauer: ein paar Minuten

So geht es: In diesem Buch sieht man viele Tiere ihr Geschäft erledigen und jedes Mal steht dabei, wie sich das anhört. Der Spielleiter liest die Geschichte und macht dabei die Geräusche mehrmals extra laut oder lang vor. Beim nächsten Vorlesen lässt er die Geräusche weg: Nun sollen die Kinder sie machen. Die meisten werden sie sich bereits gemerkt haben und können sie genau nachahmen. Das arme Tier muss an dem Tag ziemlich oft ...

Auf diese Weise üben die Kinder, Geräusche nachzuahmen. Mal klingen sie wie ein Blues, mal werden sinnlos Buchstaben zusammen gesetzt.

Variante: Der Spielleiter hat entweder einige Tierbilder mitgebracht oder er nennt einfach ein Tier und macht sein Geräusch nach. Wie hört es sich an, wenn eine Katze, ein Elefant, ein Walfisch usw. sein Geschäft erledigt?

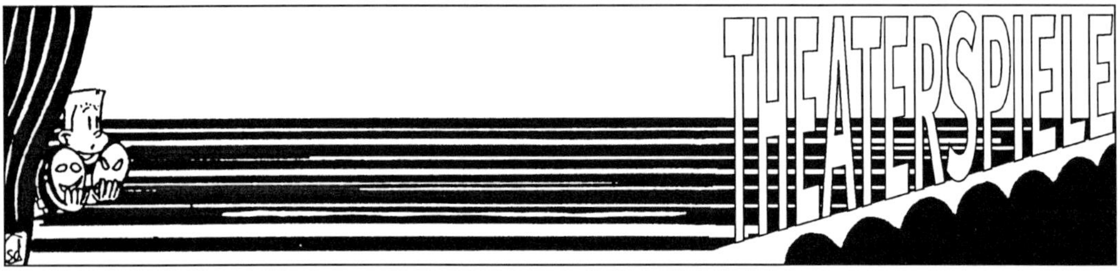

Theaterspiele

Bis zum Alter von neun Jahren erleben Kinder jede Geschichte als Märchen und gehen völlig darin auf. Der Text ist noch Bestandteil ihres unmittelbaren Erlebens und beim Nachspielen kommt der ganze Körper zum Einsatz.
In dieser Serie wird das Erzählen mit Unterstützung durch Stimme und Bewegung geübt. Es gibt jedoch auch eine Pantomimeaufgabe, bei dem nur der Körper spricht, während die Stimme schweigt. Kinder tun dies gern, auch wenn es ihnen zunächst gar nicht so leicht fällt, sich nur durch Bewegungen auszudrücken. Die ungewohnte Stille während dieses Auftrags kann bei den Kleinen manchmal Angstgefühle auslösen. Mit leiser Hintergrundmusik lässt sich dieses Problem schnell beheben.
Geschichten werden ebenso gern nachgespielt wie eigene aufgeführt. Dies kann am Anfang recht chaotisch verlaufen und auch schnell langatmig werden. Vor lauter Begeisterung verliert ein Kind nämlich schon mal die Übersicht und merkt zu spät, dass es für ein bestimmtes Problem noch gar keine Lösung hat. In dem Fall kann der Spielleiter als Erzähler auftreten und so das Spiel steuern. Bei einer jüngeren Gruppe (bis etwa sieben Jahre) übernimmt er am besten selbst eine Rolle.

Buch:

- **Die kleine Hexe** *(Otfried Preußler)*
- **Tomte Tummetott** *(Astrid Lindgren, Harald Wiberg)*
- **Der kleine dicke Ritter** *(Robert Bolt)*

Theaterspiel:

- **Der Klagegesang**
- **Tierpantomime**
- **Unschuld und Scheinheiligkeit**

Otfried Preußler

Die kleine Hexe

Ausgabe: • Thienemanns Verlag, 1996. ISBN 3-522-10580-X.

Thema: • Hexen; guter Charakter; Wahrheit und Lüge

Kriterien: • Ansprechendes Thema, weil Kinder immer gern verbotene Dinge tun, was in diesem Fall gut endet. Im Grunde geht es um den Kampf zwischen Kindern und Erwachsenen. Klassiker

Kurze Inhaltsangabe: • Die kleine Hexe ist noch zu jung (erst 127 Jahre alt!), um zusammen mit den großen Hexen die Walpurgisnacht feiern zu dürfen. Das gefällt ihr gar nicht und eifrig studiert sie das Hexenbuch, um schnell besser hexen zu lernen. Natürlich hext sie nur Gutes. Als sie schließlich meint genug gehext zu haben, um am Hexentreffen teilnehmen zu dürfen, wird sie zurechtgewiesen, dass sie als Hexe nur schlechte Dinge hexen darf! Da spielt sie den großen Hexen einen Streich.

Ausschnitt (S. 44): » *„Ach“, sprach das Mädchen, „wer kauft schon im Sommer Papierblumen! Mutter wird wieder weinen. Wenn ich am Abend kein Geld bringe, kann sie kein Brot für uns kaufen. Ich habe noch sieben Geschwister. Und Vater ist vorigen Winter gestorben. Nun machen wir solche Papierblumen. Aber es mag sie ja niemand.“* «

Spiel 10: Der Klagegesang

Alter: ab 9 Jahre

Dauer: 30 Minuten

So geht es: Dies soll ein kleines Theaterstück werden. Nachdem der Spielleiter den Ausschnitt vorgelesen hat, wird ein „Statusspiel“ gespielt. Jeweils zwei Kinder spielen zusammen: Eines spielt das klagende Mädchen (niedriger Status), das arm ist und am Abend wieder zu wenig Geld mit nach Hause bringen wird, um für die Familie Brot zu kaufen. Das andere spielt eine Person, die sich wichtig vorkommt und Macht ausstrahlt (hoher Status), zum Beispiel einen reichen Mann, dem das Mädchen versucht seine Blumen zu verkaufen. Der reiche Mann spricht von oben herab und das Mädchen tut nichts anderes als zu klagen. Während des Spielens dürfen die Rollen nicht getauscht werden. Jedes Paar hat ein paar Minuten Vorführzeit. Am Anfang kann der Spielleiter auch selbst den reichen Mann spielen.
Selbstverständlich kann man sich für dieses Spiel auch andere Rollen ausdenken.

Variante: Diesmal tauschen die Teilnehmer während des Spielens ihre Rollen, sodass jeder einmal den hohen und einmal den niedrigen Status spielt.

Astrid Lindgren, Harald Wiberg

Tomte Tummetott

Ausgabe: • Oetinger Verlag, 1998. ISBN 3-7891-6130-6.

Thema: • Träumen

Kriterien: • einfacher Text; poetische Bilder; schöne Geschichte

Kurze Inhaltsangabe: • Tomte Tummetott ist ein Wichtel, der auf die Bewohner und Tiere eines Bauernhofs aufpasst. Er flüstert den Tieren ins Ohr, dass es bald wieder Sommer wird. Er wünscht sich nämlich, dass der Winter schnell vorbeigeht. Alle schlafen, außer Tomte. Er hält Wache.

Ausschnitt (o. S.): » *Zuerst trippelt er zum Kuhstall. Dort ist es dunkel und warm. Die Kühe muhen leise. Sie träumen vom Sommer und von der Weide. Tummetott spricht zu ihnen. Wichtelworte raunt er ihnen zu:*
„Viele Winter und viele Sommer sah ich kommen und gehn. Geduld nur, Geduld! Der Frühling ist nah."
In den Pferdestall scheint der Mond herein. Dort drinnen steht der Braune und schnaubt leise. Er träumt von der Wiese, wo er im Sommer trabte. Tummetott spricht zu ihm. Wichtelworte raunt er ihm zu. «

Spiel 11: Tierpantomime

Alter: ab 4 Jahre

Dauer: 10 Minuten, erweiterbar auf 20 Minuten

So geht es: Alle sitzen im Kreis. Der Spielleiter liest den Ausschnitt vor und stellt Tomte Tummetott vor. Dann fragt er die Kinder zum Beispiel: Woran denken die Kühe? Wie sieht ihre Weide aus? Wachsen da Blumen? Bäume? Gibt es einen Zaun? Durch gezieltes Fragen erhalten die Kinder eine klare Vorstellung von der Weide und es entsteht ein Gespräch. Ähnliche Fragen können über die Koppel des Pferdes gestellt werden (Ist sie weit von der Kuhweide entfernt? In was für einem Wald trabt das Pferd?), ebenso wie über die Wiese der Schafe, den Hof der Hühner, den Bereich des Wachhundes usw. Die Kinder schließen dabei die Augen und malen sich aus, wie es bei Tomte aussieht.

Variante 1: Alle Kinder stehen bewegungslos im Raum. Der Spielleiter nennt ein Tier und auf sein Zeichen hin müssen es alle zum Leben erwecken und sich wie das Tier bewegen. Auf ein zweites Zeichen bleibt jeder wieder stocksteif auf der Stelle stehen, bis der Spielleiter ein neues Tier nennt. Das geht so lange, bis alle Tiere „lebendig" geworden sind. Als Hilfestellung nennt der Spielleiter ein paar Eigenschaften von jedem Tier.

Variante 2: Der Spielleiter wählt einen Teilnehmer aus; dieser ist Tomte. Die anderen Kinder bewegen sich wie Kühe, Pferde, Schafe usw. durch den Raum und bleiben zu einem selbst gewählten Zeitpunkt stocksteif in der Tierhaltung stehen. Wenn Tomte an einem Kind vorbeikommt, taut es auf und bewegt sich wie das betreffende Tier. Tomte erkennt die Tierart, nennt ihren Namen und spricht einige beruhigende Worte. Dann geht er weiter durch den Raum und das Tier erstarrt wieder. Bei jedem Kind, an dem Tomte vorbeikommt, passiert dasselbe.

Variante 3: Eine Pantomime mit dem Thema Traum: Die Kinder sollen zeigen, wovon das Tier träumt. Jedes träumt von einer anderen schönen Beschäftigung. Kinder ab acht Jahren können selbstständig arbeiten, Kleineren muss geholfen werden.

Robert Bolt

Der kleine dicke Ritter

Ausgabe: • Thienemanns Verlag, 1993. ISBN 3-522-17026-1.

Thema: • Klein kämpft gegen Groß, Ehrlich gegen Unehrlich, Gutes bewirkt Gutes

Kriterium: • Dieses Buch gilt bereits als Klassiker.

Kurze Inhaltsangabe: • Ritter Oblong-Fitz-Oblong ist anders als die anderen Ritter. Drachen tötet er nicht, sondern nimmt sie mit nach Hause, weil sie so schöne Farben haben. Er zeichnet sich nicht durch Taten aus, sondern durch Klugheit. Als die anderen Ritter meinen, alles Böse bekämpft zu haben, und Oblong vorschlägt, dahin zu gehen, wo noch Gutes getan werden kann, schicken sie ihn auf eine Mission, die ihn eine Weile beschäftigen wird: Er soll Baron Bolligru besiegen. Sechs Mal besiegt Oblong Bolligru und jedes Mal auf eine Art und Weise, mit der der jähzornige Baron nun wirklich nicht gerechnet hat.

Ausschnitt (S. 16): » *„Lassen sie Oblong sofort kommen!", befahl der Herzog. Der Ritter erschien unverzüglich und die Unterredung mit ihm wurde vom Schloss-Schreiber genau mitgeschrieben, in herzoglicher Kurzschrift, Wort für Wort. Sie verlief folgendermaßen: Herzog: „Da sind Sie ja, mein Lieber! Ja – nehmen Sie doch Platz. Ja – wir sprachen gerade von Ihnen, müssen Sie wissen. Und ich hätte gern Ihren Rat. Ja – was halten Sie von einer Fahrt zu der Bolligru-Insel?"*
Oblong: „Das ist ein ausgezeichneter Gedanke! Wann sollen wir aufbrechen, Durchlaucht?" «

Spiel 12: Unschuld und Scheinheiligkeit

Alter: ab 9 Jahre

Dauer: 35 Minuten

Material: Kopien der Seiten 16, 17 und 18 für jedes Kind

So geht es: Der Spielleiter liest den Dialog so vor, dass die Kinder sofort erkennen, dass der Herzog scheinheilig und der Ritter naiv ist. Dann sollen die Teilnehmer sich selbst eine Situation überlegen, in der zwei oder mehr sich einander beeinflussende Gefühle vorkommen und diese spielen.
Beispiel: Eine Schwester lobt die großartigen Qualitäten und die Kraft des Bruders. Kurz darauf trägt dieser ihr die Tasche nach unten. Dort trifft er den Vater, der zu ihm sagt, er sei ja so stark geworden, er könne ihm doch sicher kurz helfen die schweren Einkaufstaschen nach oben zu tragen.
Nach diesem Muster können bei mehreren Treffen hintereinander verschiedene Situationen gespielt werden, sodass die Kinder lernen, mit ihren Gefühlen und Problemen umzugehen.

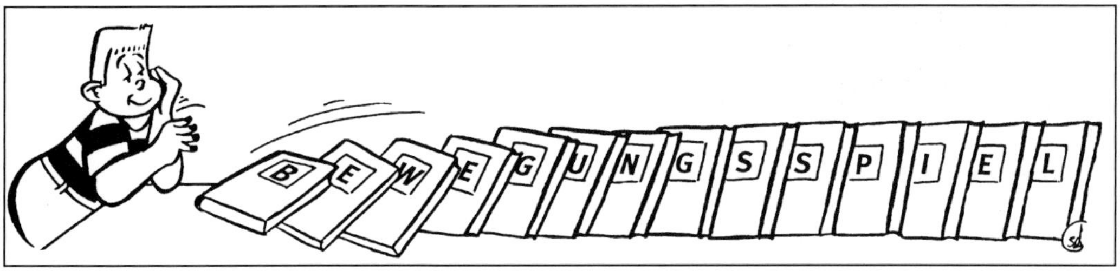

Bewegungsspiel

Bewegung und Tanz sind für Kinder Mittel, sich auszutoben und ihre Gefühle auszudrücken. Auch Bewegungsspiele können auf der Basis von Textausschnitten durchgeführt werden. In diesem Alter muss ein solcher Auftrag jedoch immer Teil einer Geschichte sein und der Spielleiter muss viel helfen. Der Text wird zunächst in genau so viele Bewegungseinheiten zerlegt, wie zum Erzählen der Geschichte erforderlich sind, und dann gespielt. In den meisten Fällen muss für Bewegungsspiele ein geeigneter Raum gefunden werden. Dabei ist unbedingt darauf zu achten, dass keine scharfen oder spitzen Gegenstände vorhanden sind, an denen sich ein ins Spiel vertieftes Kind verletzen könnte. Außerdem sollte der Raum sich gut lüften lassen.
Im Sommer können die Spiele aus dieser Serie auch im Freien durchgeführt werden.

Buch:

- **Freunde** *(Helme Heine)*

Bewegungsspiel:

- **Die sieben Bewegungen**

Helme Heine

Freunde

Ausgabe: • Middelhauve Verlags GmbH für tabu Verlag, München, 1994. ISBN 3-930777-13-4.

Thema: • Freunde

Kriterien: • lustige Sprache und Bilder; rührende Geschichte

Kurze Inhaltsangabe: • Drei Freunde – die Maus, das Huhn und das Schwein – tun alles gemeinsam. An einem Tag machen sie eine Fahrrad- und eine Bootstour und erleben dabei allerlei Abenteuer. Natürlich wollen sie auch die Nacht gemeinsam verbringen, aber die Schlafzimmer sind jeweils nur für eine Tierart geeignet, nicht für alle drei. Im Traum begegnen sie einander wieder.

Ausschnitt (o. S.): »*Sie besorgten sich Kirschen. Die Beute wurde sofort aufgeteilt: Eine Kirsche für Johnny Mauser, eine Kirsche für Franz von Hahn und zwei Kirschen für den dicken Waldemar. Johnny Mauser hatte nichts dagegen, aber Franz von Hahn fand das ungerecht. So bekam er die Kirschkerne noch dazu. Als sie aufgegessen hatten, musste der dicke Waldemar und die anderen beiden mussten auch.*«

Spiel 13: Die sieben Bewegungen

Alter: ab 6 Jahre

Dauer: 45 Minuten

So geht es: Der Spielleiter trägt den Ausschnitt vor, den die Kinder auswendig lernen sollen. Zu dem Text hat er sich passende Bewegungen ausgedacht. Das sind die sieben Bewegungen: Kirschen pflücken, Kirschen aufteilen, Schultern zucken, Fäuste in die Hüften stemmen, essen, nötig müssen, auf die Toilette gehen. Der Spielleiter kann die sieben Bewegungen vormachen oder die Teilnehmer auffordern, sich nach eigener Vorstellung zu dem Text zu bewegen. Anschließend wird der Text mit den Bewegungen zusammen geübt.

Variante 1: Der Spielleiter bringt die Sätze in eine andere Reihenfolge und die Teilnehmer reagieren sofort mit der vereinbarten Bewegung. Beispiel: zuerst Satz 5, dann Satz 1, danach Satz 6 usw.

Variante 2: Für Kinder ab etwa 7 Jahre
Die drei Freunde essen sich den Bauch mit Kirschen voll. Die Teilnehmer dürfen ein „Freunde-Menü“ zusammenstellen, das sie an einem Feiertag gemeinsam verspeisen wollen. Der Spielleiter teilt dazu schönes Papier und Stifte aus. Nach 10 Minuten setzen sich alle in einen Kreis, lesen vor und „schlemmen“.

Schreibspiele

Kinder unter neun Jahren schreiben meist noch wenig selbstständig, sind aber durchaus schon in der Lage dazu und haben viel Spaß daran. Ein geeignetes Thema ist zum Beispiel eine Einladung zum Kindergeburtstag. Fragt man sie, was darauf stehen soll, antworten sie: Du bist eingeladen, bring bitte ein Geschenk mit und es gibt Kuchen. Kinder sind in diesem Alter sehr kurz angebunden. Ein Brief an eine Person, die sie nett finden, kann am Anfang lauten: „Ich finde dich lieb.“ Das ist für sie das Wichtigste. Die Aufgabe des Spielleiters besteht daher darin, sie anzuregen, etwas ausführlicher zu werden und einen Gedanken weiter auszuspinnen. Längere Sätze mit Adjektiven und Nebensätzen werden jedoch erst ab ungefähr elf Jahren gebildet.
In dieser Altersstufe ist es sehr spannend, einen ersten selbst geschriebenen Brief mit nach Hause zu nehmen und dort bewundern zu lassen.

Buch:

- **Schnuffel feiert Geburtstag** *(Mick Inkpen)*
- **Der Kleine Bär** *(Else H. Minarik, Maurice Sendak)*
- **Post für den Tiger** *(Janosch)*

Schreibspiel:

- **Die Einladung**
- **Ich wünsche mir ...**
- **Post weiterreichen**

Mick Inkpen

Schnuffel feiert Geburtstag

Ausgabe: • Coppenrath Verlag, 1993. ISBN 3-8157-1018-9. (vergriffen)

Thema: • Geburtstag

Kriterium: • Schnuffels Naivität ist einfach rührend

Kurze Inhaltsangabe: • Schnuffel hat am nächsten Tag Geburtstag und beschließt, einen Kuchen zu backen. Auf die Einladungen an seine Freunde schreibt er, sie sollen morgen zu seinem Geburtstag kommen. Aber leider schickt er sie zu spät ab: An seinem Geburtstag kommt niemand. Er muss seinen Kuchen allein essen. Tags darauf kommen seine Freunde mit Kuchen und Kerzen. Dann feiert Schnuffel doch noch Geburtstag.

Ausschnitt (o. S.): » *Schnuffel ist schon ganz aufgeregt. Morgen ist sein Geburtstag, und er muss noch die Einladungskarten für seine besten Freunde malen. In großen Buchstaben schreibt er darauf:*
Bite kom zu mainer Gebutrtagsfeier mogen um pungt 3ur nachmitgs «

zitiert nach: Mick Inkpen, Schnuffel feiert Geburtstag © Hodder & Stoughton Ltd. 1993

Spiel 14: Die Einladung

Alter: ab 9 Jahre

Dauer: 60 Minuten

Material: Papier, Farben, Pinsel

So geht es: Der Spielleiter teilt Papier aus und hat Farben und Pinsel bereitgestellt. Dann liest er den Ausschnitt vor und stellt den Teilnehmern die Aufgabe, eine Einladung zu basteln. Als Hilfestellung gibt er eventuell ein paar Anregungen:

- Schreibt auf, wie das Programm aussieht.
- Schreibt oben auf die Einladung die Namen aller anderen eingeladenen Kinder.
- Ist die Einladung rechteckig wie das Blatt Papier oder schneidet ihr sie in eine andere Form?
- Klebt ihr auch noch etwas auf (Papierschnitzel oder andere Verzierungen)?
- Was sollen die Gäste eventuell zum Spielen mitbringen?
- Sollen die Gäste ein Theaterstück vorbereiten?

Else Holmelund Minarik, Maurice Sendak

Der Kleine Bär

Ausgabe: • Verlag Sauerländer, 1995. ISBN 3-7941-0374-2.

Thema: • Die Wünsche eines kleinen Bären

Kriterien: • klarer Sprachgebrauch; wunderschön ausgearbeiteter Vergleich eines Bären mit einem Kind

Kurze Inhaltsangabe: • Der Kleine Bär führt mit Mutter Bär ein Gespräch darüber, was er sich wünscht: auf einer Wolke zu sitzen, durch einen Tunnel nach China zu reisen, Kuchen von einer Prinzessin angeboten zu bekommen usw.

Ausschnitt (S. 55–57): » *„Dann wünsche ich ein großes rotes Auto“, sagte der Kleine Bär. „Und ich fahre schnell, schnell davon, und dann komme ich zu einem großen Schloss. Und dort kommt eine Prinzessin heraus und sagt: Willst du ein Stück Kuchen haben, Kleiner Bär? Dann esse ich den Kuchen.“*
„Das kann man nicht wünschen, mein Kleiner Bär“, sagte Mutter Bär.
Da sagte der Kleine Bär: „Dann wünsche ich, dass eine Mutter Bär zu mir kommt und sagt: Soll ich dir eine Geschichte erzählen?“
„Gut“, sagte Mutter Bär, „das kannst du dir wünschen. Das ist ein feiner Wunsch.“ «

Spiel 15: Ich wünsche mir …

Alter: ab 4 Jahre

Dauer: 10 Minuten

Material: Papier, Stifte, evtl. Kassettenrekorder

So geht es: Der Spielleiter liest den Ausschnitt vor und führt mit den Teilnehmern ein kurzes Gespräch darüber, was jeder gern machen würde. Das Spiel geht so: Zuerst nennt jedes Kind drei Wünsche, die nie erfüllt werden können, und danach einen Wunsch, der erfüllt werden kann. Dieser wird aufgeschrieben. Aus all diesen Wünschen wählt der Spielleiter einen aus, den er erfüllen kann.

Variante: Der Spielleiter nimmt alle Wünsche auf Band auf, das er nach dem Treffen abhört. Dabei überlegt er sich, welcher Wunsch sich für das nächste Mal in einen Spielauftrag umsetzen lässt. Die Kinder werden sich natürlich gespannt fragen, welchen Wunsch er wohl ausgewählt hat. Wenn dieses Spiel mehrmals gespielt wird, werden immer lustigere Wünsche formuliert.

Janosch

Post für den Tiger

Ausgabe: • Beltz & Gelberg Verlag. (Gulliver Taschenbuch 31), 1997. ISBN 3-407-78031-1.

Thema: • Kommunikation

Kriterien: • lustige Bilder und Sprache

Kurze Inhaltsangabe: • Der kleine Tiger und der kleine Bär wohnen zusammen in einem Haus. Der kleine Tiger fühlt sich einsam, sobald der kleine Bär angeln geht oder auch nur in einem anderen Zimmer ist. Sie beschließen einander Briefe zu schreiben und erfinden die Luftpost und das Telefon, um auf vielerlei Weise miteinander zu kommunizieren.

Ausschnitt (S. 7/8): »*„Lieber Tiger!*
Teile dir mit, dass es mir gut geht, wie geht es dir? Schäle inzwischen die Zwiebeln und koch Kartoffeln, denn es gibt vielleicht Fisch. Es küsst dich dein Freund der Bär.“
Dann steckte er den Brief in den Umschlag und verklebte ihn. Er fing noch zwei Fische: einen zur Speisung und einen, damit er ihm das Leben schenken konnte. Damit er sich darüber freut; denn Freude ist für jeden schön.
Abends nahm er den Fisch und den Eimer, die Tinte und die Feder und auch gleich den Brief mit und ging nach Haus.«

Mit freundlicher Genehmigung des Beltz-Verlages.

Spiel 16: Post weiterreichen

Alter: ab 8 Jahre

Dauer: erweiterbar auf mehrere Treffen

Material: Papier, Stifte, Briefumschläge

So geht es: Der Spielleiter erzählt die Geschichte von dem Tiger, der einsam und traurig auf dem Boden liegt, als der kleine Bär abends mit dem Brief nach Hause kommt. Er will den Brief demnächst lieber geschickt bekommen ...
Der Spielleiter teilt Papier, Stifte und Umschläge aus, auf die er zuvor vielleicht sogar Briefmarken gemalt hat. Jedes Kind schreibt einem anderen einen Brief. Der Spielleiter achtet darauf, dass zu jedem Kind ein Brief unterwegs ist. Er selbst kann natürlich auch mitschreiben. Wenn alle Briefe fertig sind, werden sie in die Umschläge gesteckt und weitergereicht. Kommt jeder Brief richtig an? Dann wird gelesen. Beim nächsten Treffen können die Briefe beantwortet werden.

Variante: Kinder lieben Geheimbotschaften. Sie sollen einen Brief schreiben, den nur ihr Freund (ihre Freundin) versteht. Die anderen Kinder, an denen der Brief vorbeikommt, können ihn nicht lesen.

Malspiele

Malspiele

Bis zum Alter von ungefähr 12 Jahren legen Kinder gern alle möglichen Sammlungen an und heben sie in Kisten auf. Sie experimentieren mit Erde, Papier, Kleber, Farbe, Flüssigkeiten und allem, was sich irgendwie verarbeiten lässt. Beim Basteln, Zeichnen und Malen vergessen sie oft alles andere.
Eine spannende Geschichte ist ein guter Einstieg in ein Malspiel. Die Kinder malen die Geschichte so, wie sie sie empfunden und verstanden haben, und vermitteln dem Spielleiter gleichzeitig einen Einblick in ihre Gefühlswelt.
In dieser Serie von Spielen steht nicht die Technik des Malens im Vordergrund, sondern die Umsetzung eines Textes in ein Bild. Selbstverständlich werden Papier und Malstifte benötigt.

Buch:

- **Wo die wilden Kerle wohnen** *(Maurice Sendak)*
- **Peterchens Mondfahrt** *(Gerdt von Bassewitz)*
- **Pippi Langstrumpf** *(Astrid Lindgren)*

Malspiel:

- **Das verwandelte Zimmer**
- **Ein Fantasietier malen**
- **Ein Kostüm entwerfen**

Wo die wilden Kerle wohnen

Ausgabe: • Diogenes Verlag (Taschenbuch), o.J. ISBN 3-257-25105-X.

Thema: • Träumen, Strafe, Monster

Kriterien: • poetische Sprache; schöne Illustrationen; schaurige Geschichte schön erzählt; Klassiker

Kurze Inhaltsangabe: • Als Wolf verkleidet träumt Max von einem schaurigen Wald voller verrückter Monster in seinem Schlafzimmer, über die er König wird ... bis er Hunger bekommt und sich an sein Abendessen erinnert. Schnell reist er zurück, die schrecklichen Monster frustriert zurücklassend.

Ausschnitt (o. S.): » *Genau in der Nacht wuchs ein Wald in seinem Zimmer – der wuchs und wuchs, bis die Decke voller Laub hing und die Wände so weit wie die ganze Welt waren. Und plötzlich war da ein Meer mit einem Schiff, nur für Max, und er segelte davon, Tag und Nacht und wochenlang und fast ein ganzes Jahr bis zu dem Ort, wo die wilden Kerle wohnen. Und als er dort ankam, wo die wilden Kerle wohnen, brüllten sie ihr fürchterliches Brüllen und fletschten ihre fürchterlichen Zähne und rollten ihre fürchterlichen Augen und zeigten ihre fürchterlichen Krallen, ...* «

Spiel 17: Das verwandelte Zimmer

Alter: ab 4 Jahre

Dauer: mehrere Gruppentreffen von je 30–50 Minuten

Material: Papier, Malstifte

So geht es: Nachdem der Spielleiter den Text vorgelesen hat (vorzugsweise ohne dabei die Bilder zu zeigen), stellt er den Kindern folgende Fragen: Wovon träumt ihr so alles? Guckt ihr beim Schlafengehen schon mal unters Bett, um zu sehen, ob ein Monster darunter liegt? Wie sieht euer Zimmer aus? Welche Farbe hat eure Bettdecke? Was hängt an der Wand? Was fällt beim Betreten des Zimmers als erstes auf, usw?

Nach ein paar Minuten werden Papier und Malstifte ausgeteilt und die Kinder sollen malen, wie ihr Zimmer sich einen schaurigen Wald verwandelt. Auf vier Blättern (oder einem Blatt, das zuvor in vier Felder unterteilt worden ist) soll jeweils ein anderes Stadium der Verwandlung zu sehen sein. Bei jedem Treffen wird ein weiteres Blatt oder Feld bemalt.

Wenn alle Bilder fertig sind, werden sie in die Mitte gelegt oder im Raum oder Flur aufgehängt. Alle Blätter eines Kindes liegen oder hängen stets zusammen. Dann wird verglichen: Wie sehen die Zimmer aus?

Zum Schluss zeigt der Spielleiter den Kindern die Bilder aus dem Buch und fragt sie, wie sich das Zimmer von Max verwandelt hat.

Gerdt von Bassewitz

Peterchens Mondfahrt

Ausgabe: • Baumhaus Verlag, 1997. ISBN 3-909480-33-0.

Thema: • Verlangen; Vertrauen; Wünsche äußern

Kriterium: • Klassiker

Kurze Inhaltsangabe: • Maikäfer Sumsemann hat einen Wunsch: Er will sein sechstes Bein wieder finden. Mit den Kindern Peterchen und Anneliese macht er sich auf die Suche. Dank der Hilfe einer Fee gelangen sie nach einer abenteuerlichen Fahrt schließlich auf den Mond. Sie begegnen dem Sandmännchen, reisen an den Sternen vorbei und kommen am Ende wieder heil nach Hause zurück.

Ausschnitt (S. 35): »*Und weiter ging die Fahrt. An der Weide der Himmelskühe und Mondkälber, die wie große, dicke Wolken herumrutschten auf den weißen Wiesen und immerfort fraßen, kamen die Abenteurer jetzt vorüber. Nicht durchsichtig waren sie wie die Mondschäfchen und Himmelsziegen auf den anderen Weiden, sondern große, undurchsichtige, graue Klumpen.*«

aus: Bassewitz, Gerdt von, Peterchens Mondfahrt

Spiel 18: Ein Fantasietier malen

Alter: ab 6 Jahre

Dauer: 60 Minuten

Material: Malpapier, Filz- oder Buntstifte

So geht es: Himmelskühe und Mondkälber sieht man natürlich nicht jeden Tag. Peter und Anneliese begegnen allerlei fremden Wesen. Der Spielleiter denkt sich Fantasienamen wie Mondkalb, Sternkaninchen, Himmelskuh oder Weltallhase und fragt die Kinder, wie so ein Tier aussehen könnte. Ist es genauso groß wie unsere Kuh? Was frisst es? Hat es vier Pfoten oder sieht es anders aus? Strahlt es Licht aus? Hat es eine eingebaute Taschenlampe zwischen den Augen?
Mit Hilfe dieser Fragen können sich die Teilnehmer eine Vorstellung davon machen, wie sie das Tier malen wollen.

Astrid Lindgren

Pippi Langstrumpf

Ausgabe: • Oetinger Verlag, 1995. ISBN 3-7891-1851-6.

Thema: • Pippi ist ein Mädchen, das auf ganz normale Situationen völlig anders reagiert als andere Menschen; Probleme; Abenteuer

Kriterien: • spannend und verständlich für Kinder; erfrischend untypisches Verhalten

Kurze Inhaltsangabe: • Pippi Langstrumpf ist weltberühmt. Rothaarig und fröhlich, gerät sie in allerlei komische Situationen und hat ständig Probleme, die sie aber immer sofort auf ungewöhnliche Weise löst.

Ausschnitt (S. 186): » *Pippi feiert Geburtstag*
Eines Tages fanden Thomas und Annika einen Brief in ihrem Briefkasten. „An Thmas un Anika" stand darauf. Und als sie ihn aufgemacht hatten, fanden sie eine Karte, auf der stand: „Thmas un Anika solen zu Pippi sur Gebutsfeier komen morgen nahmidag. Ansug: was ir wolt." «

Spiel 19: Ein Kostüm entwerfen

Alter: ab 6 Jahre

Dauer: 45 Minuten

Material: Papier, Buntstifte, Wachsmalkreiden

So geht es: Zuerst wird gemeinsam besprochen, wie man zu einem normalen Fest geht und wie zu einem besonderen. Wer war schon einmal auf einer Hochzeit? Wer auf einer Geburtstagsfeier, zu der alle verkleidet kommen mussten? Mit diesen Fragen wird der Malauftrag eingeleitet.
Dann zeigt der Spielleiter den Kindern ein paar Bilder von Pippi, damit sie sich vorstellen können, wie sie aussieht mit ihren Zöpfen und Sommersprossen, zwei verschiedenen Strümpfen und ihrer verrückten Kleidung. Die Aufgabe lautet: Malt mit Buntstiften oder Wachsmalkreiden ein Bild von euch selbst, wie ihr auf Pippis Fest erscheinen würdet. Eventuell hängt der Spielleiter ein Bild von Pippi an die Wand und kopiert für jedes Kind eine Anziehpuppe, auf der Füße, Beine, Arme, Handgelenke usw. gut zu sehen sind, damit sie leichter angemalt werden können. Auch die Einladung zum Fest kann vergrößert und aufgehängt werden.

Variante: Der Spielleiter besorgt eine echte Ankleidepuppe und die Kinder bringen von zu Hause Kleider mit. Gemeinsam überlegen sie, wie die Puppe zu einem besonderen Fest gehen könnte, und kleiden sie an.

Altersstufe 9 – 13 Jahre

9- bis 13-Jährige gehen völlig anders mit Informationen um als jüngere Kinder. Das Interesse verlagert sich mehr und mehr auf die Wirklichkeit, was jedoch nicht bedeutet, dass in Büchern überhaupt nichts Fantastisches mehr vorkommen darf. Jedes Schiff wird noch von der Fantasie angetrieben, aber gefahren wird nach dem Kompass und das Risiko, Schiffbruch zu erleiden, wird miteingerechnet. Ein Abenteuer ist so lange spannend, wie es dem, was in diesem Alter als logisch empfunden wird, nicht widerspricht. Ein Ausflug ins Irreale ist durchaus möglich, doch im Prinzip muss alles erklärbar sein.

Geschichten haben plötzlich auch einen anderen Inhalt. Die Kinder interessieren sich für alles, was sie nicht begreifen, aber auch für historische Begebenheiten, Mythen und Legenden. Die Odyssee wird, auf einfache Weise erzählt, als enorm spannend empfunden und unter Umständen sofort nachgespielt. Eine gefundene Landkarte könnte auch eine Schatzkarte sein und deshalb wird sie ordentlich untersucht. Eine alte Gasse kann am Abend ebenso Stoff für eine Geschichte bieten wie eine zwielichtig aussehende Person. Die Umgebung wird direkter erlebt und erforscht.

In diesem Alter ist das Lesen ein viel bewussterer Vorgang. Indem Spielleiter und Eltern diesen wichtigen Prozess stimulieren, liefern sie den Kindern eine fantasievolle Basis für ihr späteres Leben. Mit jedem Buch machen sie sich ein Stück Außenwelt zu Eigen, das sorgsam gehegt wird. Humor und Ernst müssen darin ebenso vorkommen wie Abenteuer und Häuslichkeit, am besten auf jeder Seite, denn in diesem Alter möchten die Kinder die Welt umarmen und begreifen.

Sprechspiele

Sprechen und Widersprechen sind für 9- bis 13-Jährige im Grunde dasselbe. Sie wollen mit ihrer Umgebung diskutieren und sich über Gut und Böse eine Meinung bilden.
Die Bücher von Roald Dahl sprechen diese Altersstufe deshalb so an, weil darin gegen die etablierte Ordnung rebelliert wird. Und welches Kind widersetzt sich nicht gern so wie die Hauptperson den schrecklichen Erwachsenen, die von diesem Autor so wunderbar charakterisiert werden.
Sprechen und Ausreden lassen sind Fähigkeiten, die in diesem Alter ebenso gelernt werden müssen wie das Nachdenken über die eigene Meinung. Daher sollte mit den Teilnehmern viel darüber gesprochen werden, was ein Autor mit seinem Text eigentlich sagen wollte.

Buch:

- **Der Wind in den Weiden** *(Kenneth Grahame)*
- **Die Abenteuer von Eduard Speck** *(John Saxby/Wolf Erlbruch)*

Sprechspiel:

- **In den Himmel loben**
- **Der eiskalte Bibberchor**

Kenneth Grahame

Der Wind in den Weiden

Ausgabe: • dtv Verlag (dtv junior 7212), 1996. ISBN 3-423-07212-1.

Thema: • angeben; loben; helfen

Kriterien: • Klassiker; poetisch geschrieben; wunderschön beschriebene Tierwelt

Kurze Inhaltsangabe: • Der Maulwurf und die Ratte wohnen mit anderen Tieren an einem Flussufer und führen ein Leben voller Picknicks, Ausflüge und sogar größerer Abenteuer. Der Maulwurf ist treu, die Ratte poetisch und mutig, die Kröte eigensinnig und dumm, der Dachs weise und gastfreundlich. Grahame schrieb das Buch im 19. Jahrhundert für seinen leicht behinderten Sohn. Die Geschichten über die Tiere wurden weltberühmt, wahrscheinlich wegen des augenfälligen und wirklichkeitsnahen Charakters der Abenteuer.

Ausschnitt (S. 48): »*„Ratte!“, rief er bußfertig, „du bist ein Wunder! Ein wahres Wunder bist du. Jetzt wird mir alles klar! Du hast es in deinem hellen ausgeschlafenen Kopf ausgetüftelt, Schritt für Schritt: Ich stürzte, riss mir das Schienbein auf, du untersuchtest die Schnittwunde und sofort arbeitete dein königliches Hirn und sagte: ‚Fußabstreifer!‘ Und dann hast du weitergemacht und genau den Fußabstreifer gefunden, an dem ich mich geschnitten hatte. Doch hast du an diesem Punkt aufgehört? Nein. Mancher hätte die Hände befriedigt in den Schoß gelegt und es dabei bewenden lassen. Nicht so du. Dein Verstand arbeitete weiter.“*«

Spiel 20: In den Himmel loben

Alter: ab 10 Jahre

Dauer: 45 Minuten

Material: Papier, Stifte

So geht es: Bevor der Spielleiter den Ausschnitt vorliest, stellt er die Personen aus der Geschichte vor, damit jeder weiß, wer der Maulwurf ist und warum er so spricht. Habt ihr gehört, wie der Maulwurf zu seiner Freundin, der Ratte, spricht? Er lobt ihre Taten, hebt sie in den Himmel und sagt sehr nette Dinge über sie.

Dann teilt der Spielleiter die Kinder in Zweiergruppen ein und bittet sie, lobenswerte Eigenschaften voneinander aufzuschreiben, die sie ruhig aufbauschen oder übertreiben können. Wenn alle fertig sind mit Schreiben, wird geübt. Kind 1 lobt Kind 2, das seinerseits versucht, Kind 1 in den Himmel zu heben usw.

Nach 20 Minuten wird vorgeführt.

John Saxby, Wolf Erlbruch

Die Abenteuer von Eduard Speck

Ausgabe: • Hanser Verlag, 1996. ISBN 3-446-17427-3.

Thema: • Tiere (auf einem Bauernhof)

Kriterium: • Klassiker

Kurze Inhaltsangabe: • Mit dem Schwein Eduard ist es so eine Sache. Es ist nämlich davon überzeugt, dass es das schönste, klügste und tollste Tier auf dem ganzen Bauerhof ist. Um seine Freunde davon zu überzeugen, stürzt Eduard Speck sich in immer neue Abenteuer.

Ausschnitt (S. 12/13): »*„Was wolltest du denn im Teich, Eduard?“, fragte Engelchen Butterblume, nachdem sie ihn mit vereinten Kräften aufs Trockene gezerrt hatten. Sie sagte Eduard, nicht Ede. Ede wurde Eduard Speck nur genannt, wenn er es nicht hören konnte. „Iiiich wwwollte nur proprobieren, ob dadas Eis auch schon fefest ist“, antwortete Eduard. Man konnte ihn kaum verstehen, so sehr klapperten ihm die Zähne. „Wawar's nonoch nicht“, fuhr er fort, „da hahahab ich 'ne Rururunde schwimmen wollen, und da seid ihr dadazwischengekommen und habt euch aufgeregt und mich rausgezogen.“*«

John Saxby/Wolf Erlbruch, Die Abenteuer von Eduard Speck
Aus dem Englischen von Sybil Gräfin Schönfeldt © 1993 Carl Hanser Verlag, München – Wien

Spiel 21: Der eiskalte Bibberchor

Alter: ab 9 Jahre

Dauer: 15 Minuten

So geht es: Der Spielleiter liest den Ausschnitt vor. Dann fragt er die Teilnehmer: Was passiert eigentlich mit eurer Stimme, wenn ihr am Nordpol seid und etwas sagen wollt? Oder wenn ihr unter einer eiskalten Dusche steht? Oder in eine Badewanne voller Eiswürfel liegt? Wahrscheinlich stottert ihr dann wie Eduard und eure Stimme überschlägt sich. Und um wieder warm zu werden, macht ihr ganz komische Bewegungen.

Zuerst üben die Teilnehmer die Bibbersprache anhand eines kurzen Stückchens Text. Dann wird gemeinsam ein Lied ausgesucht, das sich für einen Bibberchor eignet. Mit verschiedenen Stimmen versuchen alle, das Lied so schön wie möglich zu singen und sich dabei vorzustellen, an einem eiskalten Ort zu sein (mit Bewegungen natürlich!).

Variante: Stellt euch vor, ihr lauft im Skianzug in der Sahara oder in Badesachen im Regen herum. Welchen Einfluss hat die Temperatur dann wohl auf eure Stimme und euren Körper? Für jedes Wetter wird eine andere Gruppe zusammengestellt, die die Situation spielt und ein Lied dazu singt.

Natürlich kann auch der Einfluss von Gefühlen dargestellt werden. Was passiert, wenn man traurig, fröhlich oder böse ist?

Schreibspiele

Ein 9- bis 13-Jähriger kann sich sprachlich richtig ausleben. Mag er auch vielleicht noch keine schönen Sätze bilden, so kann er aber meist doch bereits umschreiben, was er sagen will. Er lernt, seine Erlebnisse und Gefühle auf dem Papier auszudrücken, denkt mehr und mehr in Einzelheiten und beobachtet genauer. In diesem Alter lernen Kinder Aufsätze zu schreiben, deren Themen sowohl aus der Imagination als auch aus der Wirklichkeit gegriffen sein können. Textausschnitte, die der Spielleiter erzählt, werden bewusst aufgenommen und klar (zumindest in Hauptgedanken) nacherzählt. In dieser Zeit findet die Umsetzung von gesprochener in geschriebene Sprache statt.

Buch:

- **Moby Dick** *(Herman Melville)*
- **Aladin und die Wunderlampe**
- **Die Brüder Löwenherz** *(Astrid Lindgren)*

Schreibspiel:

- **Dialekt und Umgangssprache**
- **Sprich, was willst du von mir**
- **Das Land nach dem Tod**
- **Taubenpost**
- **Ein Zeichen und eine Geste für ein imaginäres Volk erfinden**

Herman Melville

Moby Dick

Ausgabe: • Dressler Verlag, 1994. ISBN 3-7915-3534-X.

Thema: • Seefahrt; Walfischjagd

Kriterien: • klassisch; spannend

Kurze Inhaltsangabe: • Ismael beschließt, als Walfänger anzuheuern. Der Kapitän des Schiffs lässt sich die ersten Tage an Deck nicht blicken. Als der Einbeinige endlich erscheint, erfährt die Mannschaft das eigentliche Ziel der Reise: Er will den weißen Wal Moby Dick töten, der ihm vor vielen Jahren sein Bein abgerissen hat. Ismael und den anderen steht eine gefährliche Reise bevor.

Ausschnitt (S. 148): » *„Quiqueg egal, welches Gott gemacht Hai", sagte der Wilde und schwenkte die schmerzende Hand hin und her, „ob Fidschi-Gott oder Nantucket-Gott; aber das Gott, das gemacht Hai, muss verdammter Heide sein."* «

Spiel 22: Dialekt und Umgangssprache

Alter: ab 10 Jahre

Dauer: 20 Minuten

Material: Kopien des Ausschnitts für alle Schüler

So geht es: Der Spielleiter teilt Kopien des Ausschnitts aus und liest ihn vor. Jeder Teilnehmer sucht in einem Lesebuch ein ungefähr 15 Zeilen langes Stück Umgangssprache oder Dialekt und schreibt es so auf, wie er es aussprechen würde. Danach wird vorgelesen.

Variante: Die Teilnehmer spielen ihren umgeschriebenen Text der Gruppe vor und überlegen sich dazu einen Schluss. Jedes Theaterstück darf maximal zwei Minuten dauern.

Aladin und die Wunderlampe

Ausgabe:
- Märchen aus „Tausendundeine Nacht“.
  Hamburger Lesehefte Verlag, Nr. 119, o.J. ISBN 3-87291-118-X.

Thema:
- Wunder

Kriterium:
- Klassiker

Kurze Inhaltsangabe:
- Ein böser Zauberer will mit Aladins Hilfe in den Besitz einer Lampe kommen, die Wünsche erfüllt. Doch Aladin durchschaut die Sache und behält die Wunderlampe, als er sie findet. Alle seine Wünsche gehen nun in Erfüllung, sogar seine Hochzeit mit der Tochter des Sultans. Durch eine List bekommt der Zauberer die Lampe aber doch noch zu fassen und zaubert den Palast, in dem Aladin und die Prinzessin wohnen, nach Afrika. Aladin macht sich auf die Suche und bekommt am Ende die Wunderlampe wieder.

Ausschnitt (S. 21):

» *Doch kaum hatte sie ein wenig an ihr gerieben, so erschien vor ihr ein Dämon, furchtbar anzuschauen, von breiter Gestalt, der einem Riesen der Vorzeit glich, und der redete sie an: „Sprich, was willst du von mir? Hier bin ich, ich bin dein Diener, ich bin der Diener dessen, der die Lampe in der Hand hält, doch nicht nur ich allein, sondern alle Diener der Wunderlampe, die in deiner Hand ist!“* «

aus: Aladin und die Wunderlampe, Märchen aus „Tausendundeine Nacht“
Hamburger Lesehefte Verlag, o.J. Nr. 119

Spiel 23: Sprich, was willst du von mir

Alter: ab 10 Jahre

Dauer: 45 Minuten

Material: Papier, Stifte

So geht es: Der Spielleiter liest den Ausschnitt vor und erteilt den Teilnehmern den Auftrag, aufzuschreiben, was sie sich alles wünschen würden, wenn sie eine Wunderlampe hätten. „Stellt euch vor, ich hätte eine Wunderlampe. Dann würde ich mir ... wünschen, weil ...“ Am Ende wird vorgelesen, was jeder geschrieben hat.

Variante 1: Die Teilnehmer sollen eine möglichst fantastische Geschichte schreiben, in der alles passiert, was sie wollen. Danach werden alle Geschichten zu einem Buch gebunden.

Variante 2: Jeder Teilnehmer malt ein Bild von einer Wunderlampe, wie er sie gern hätte. Wer sie sich zu Hause übers Bett hängt, kann sich dann immer an sie wenden, wenn er sich etwas wünscht. Die Wunderlampe kann natürlich auch gebastelt werden.

Astrid Lindgren

Die Brüder Löwenherz

Ausgabe: • Oetinger Verlag, 1997. ISBN 3-7891-2941-0.

Thema: • Tod des Bruders; Monster; Fantasiewelt; Angst zu versagen; Selbstmord

Kriterien: • weltberühmter Klassiker, der bereits verfilmt wurde; ergreifende Geschichte über das Band zwischen zwei Brüdern, das über den Tod hinaus bestehen bleibt

Kurze Inhaltsangabe: • Zwei Brüder, Krümel, der Jüngere, der eigentlich Karl Löwe heißt, und sein älterer Bruder Jonathan, sind Freunde fürs Leben und sogar darüber hinaus. Krümel ist schwer krank und wird bald sterben. Durch einen Unfall stirbt der ältere Bruder jedoch früher und „reist" ins Land Nangijala. Als Krümel schließlich auch stirbt, treffen sich beide dort wieder. Jonathan kämpft gegen Tengil, den Drachen Katla und die Soldaten, die das Heckenrosental erobert haben, das neben dem Kirschtal liegt, wo er jetzt wohnt. Nach spannendem Kampf gelingt es ihm, das Böse zu besiegen, er muss aber mit dem Tod dafür büßen. Ein zweites Mal vereinbaren die Brüder, gemeinsam zu sterben.

Ausschnitt 1 (S. 26): » *„Dies Tal ist wohl das schönste auf Erden, nicht?"*
„Ja, aber nicht auf Erden", antwortete Jonathan und da fiel mir wieder ein, dass ich in Nangijala war.
Rund um das Kirschtal lagen hohe Berge, auch das war schön. Und die Hänge hinab strömten Bäche und Wasserfälle ins Tal, dass es nur so rauschte, denn es war ja Frühling.
Auch die Luft hatte etwas Besonderes. Am liebsten hätte man sie getrunken, so rein und frisch war sie. «

Spiel 24: Das Land nach dem Tod

Alter: ab 10 Jahre

Dauer: 45 Minuten

So geht es: Nachdem der Spielleiter Ausschnitt 1 vorgelesen hat, erzählt er von dem imaginären Land nach dem Tod. Viele Menschen denken darüber nach, wie es nach dem Tod wohl weitergeht, und versuchen, sich ein Bild davon zu machen. Die Kinder sollen aufschreiben, wie sie sich das Land nach dem Tod vorstellen. Nach 15 oder 20 Minuten liest jeder vor, was er geschrieben hat.

Ausschnitt 2 (S. 49/50): » *„Paloma, meine Taube", sagte Sophia. „Bringst du uns heute bessere Botschaft als beim letzten Mal?" Sie steckte die Hand unter einen Flügel und zog eine kleine Kapsel hervor. Daraus nahm sie einen zusammengerollten Zettel, genauso einen, wie ihn Jonathan damals aus dem Korb genommen und im Schrank versteckt hatte.*

„Lies!", sagte Jonathan. „Lies schnell, schnell!"
Sophia las und schrie leise auf.
„Sie haben auch Orwar erwischt", sagte sie. „Jetzt gibt es dort niemanden mehr, der wirklich etwas tun kann."

Spiel 25: Taubenpost

Alter: ab 10 Jahre

Dauer: zwei einstündige Gruppentreffen

So geht es: Die Taubenpost ist eine sehr ungewöhnliche Form der Postversendung. Die wenigsten dürften sie kennen. Ein 10-Jähriger verblüffte mich einmal mit einer Postform, die er selbst erfunden hatte: Er hatte einen Backstein ausgehöhlt, ein Röllchen Pergamentpapier hineingesteckt und wollte ihn einmauern. Es handelte sich schließlich um eine Geheimbotschaft, die natürlich eine unkonventionelle Form der Überbringung erforderte. Der Spielleiter liest Ausschnitt 2 vor und spricht mit den Teilnehmern über Formen und Inhalte. Welche Postform passt zu welcher Nachricht (oder nicht)? Dieses Thema wird zwei Treffen lang bearbeitet. Ausgangsbasis ist der vorgelesene Textausschnitt oder eine von jedem Kind selbst erfundene Botschaft. Die Teilnehmer können sich aber auch zu derselben Nachricht eine eigene Weise der Versendung ausdenken.

Ausschnitt 3 (S. 87):

„Alle Tengilmänner müssen das Katlazeichen tragen, selbst ein Verräter wie du", sagte Veder. „Damit du beweisen kannst, wer du bist, falls mal ein Kundschafter, der dich nicht kennt, ins Kirschtal kommt."
„Aber gewiss doch, gewiss doch", beteuerte Jossi wieder.
Sie befahlen ihm, Jacke und Hemd aufzuknöpfen, und brannten ihm mit einem Brenneisen, das sie im Feuer erhitzt hatten, das Katlazeichen auf die Brust.

Spiel 26: Ein Zeichen und eine Geste für ein imaginäres Volk erfinden

Alter: ab 10 Jahre

Dauer: 60 Minuten

So geht es: Ein imaginäres Land, das ein anderes beherrscht, hat ein eigenes Zeichen und eine eigene Geste. So etwas gibt es auch in Wirklichkeit. Als negatives Beispiel kann der Spielleiter den Kindern etwa das Hakenkreuz und den Hitlergruß aus dem Zweiten Weltkrieg zeigen, als positves die Malcolm-X-Bewegung oder das Peace-Zeichen der Hippies. Danach sollen die Teilnehmer selbst ein Zeichen oder eine Handbewegung für eine bestimmte Idee oder Sache erfinden und eventuell malen.

Sprachspiele

Kinder können drinnen wie draußen beim Spielen sehr laut sein. Mit 10 Jahren fangen sie an, sich ziemlich hemmungslos bemerkbar zu machen. Sie wollen zeigen, wofür sie stehen, wovor sie keine Angst mehr haben, und allen verkünden, dass sie mit der Welt schon fertig werden. In einer Gruppe kann es deshalb schon mal sehr wild und lebhaft hergehen.
Sprachspiele für diese Altersgruppe sollten daher voller Dynamik sein und den Kindern die Möglichkeit bieten, ihre unbändige Energie auch körperlich zum Ausdruck zu bringen.

Buch:

- **Doktor Doolittle und seine Tiere** *(Hugh Lofting)*
- **Matilda** *(Roald Dahl)*
- **Der Brief für den König** *(Tonke Dragt)*

Sprachspiel:

- **Das Vogel-ABC**
- **Das Schreispiel**
- **Singen ohne Worte**

Hugh Lofting

Doktor Doolittle und seine Tiere

Ausgabe: • Dressler Verlag, 1995. ISBN 3-7915-3502-1. (vergriffen)

Thema: • Tiere

Kriterium: • Klassiker

Kurze Inhaltsangabe: • Doktor Doolittle wohnt mit seiner Schwester und zahllosen Tieren in dem Dorf Puddleby. Eigentlich ist er Arzt für Menschen, aber weil er die Tiersprache versteht, kommen so viele Tiere in seine Praxis, dass er Tierarzt wird. Als ihn die Nachricht erreicht, in Afrika seien die Affen erkrankt, leiht er sich ein Boot und fährt mit all seinen Tieren dorthin. Als Dank für seine Hilfe schenken die Affen ihm einen Stoßmich-Ziehdich, ein zweiköpfiges Tier, das in keinem Zoo zu sehen ist. Mit dieser Sehenswürdigkeit kann er sich seinen Lebensunterhalt verdienen.

Ausschnitt (S. 13): ❞ *„Hör zu, Doktor, ich will dir was erzählen. Weißt du nicht, dass Tiere sprechen können?"*
„Ich wusste, dass Papageien sprechen können", sagte der Doktor.
„Oh, wir Papageien sprechen zwei Sprachen – Menschensprache und Vogelsprache", sagte Polynesia stolz. „Wenn ich sage: ‚Polly möchte einen Zwieback haben', verstehst du mich. Aber hör einmal das an: Ke–ke–oi–i, fi–fi?"
„Du meine Güte!", rief Doktor Doolittle aus. „Was bedeutet das?"
„Das heißt in der Vogelsprache: ‚Ist die Grütze schon heiß?'" ❝

Spiel 27: Das Vogel-ABC

Alter: ab 10 Jahre

Dauer: 45 Minuten

So geht es: Der Spielleiter liest den Ausschnitt vor. In Dreier- oder Vierergruppen sollen die Kinder eine eigene Vogelsprache entwickeln, angefangen beim Alphabet. Für jeden Buchstaben wird ein Klang erfunden und so aufgeschrieben, wie man ihn spricht. Dann verfasst jede Gruppe einen etwa zehn Zeilen langen Text (über ein beliebiges Thema) in der „Menschensprache" und übersetzt ihn in die Vogelsprache. Der Spielleiter oder ein Teilnehmer aus der Gruppe liest ihn vor.

Variante: In der kurzen Inhaltsangabe wird ein besonderes Tier aus Afrika erwähnt, das Stoßmich-Ziehdich, das in keinem Zoo zu sehen ist. Wie sieht es wohl aus? Der Reihe nach dürfen alle Teilnehmer einen Teil des Tieres an die Tafel malen, bis jeder mit dem Aussehen des Stoßmich-Ziehdichs einverstanden ist und es vollständig an der Tafel steht.

Matilda

Ausgabe: • Rowohlt Verlag (rororo 20 855), 1999. ISBN 3-499-20855-5.

Thema: • Strafe; triezen

Kriterien: • lustige Sprache; die Themen „zu Hause“ und „in der Schule“ sind sehr gut ausgearbeitet

Kurze Inhaltsangabe: • Matilda ist das jüngste und schlauste Kind der sonderlichen Familie Wurmwald. Ihr Vater ist ein zwielichter Gebrauchtwagenhändler, ihr Bruder ein Schleimer und ihre Mutter dumm. Matilda besitzt paranormale Fähigkeiten, mit denen sie die böse Frau Knüppelkuh verjagt, damit Fräulein Honig, ihre Lieblingslehrerin, wieder in ihr Häuschen zurückkann. Matilda wird von Fräulein Honig adoptiert und ihre Familie zieht fort. Welch ein Glück für das kleine Mädchen, das für seine Umgebung zu schlau ist und von ihr meistens nicht verstanden wird. Nur die Bibliothekarin und Fräulein Honig halten zu Matilda.

Ausschnitt (S. 31/32): » *Als Herr Wurmwald an diesem betreffenden Abend aus seiner Garage nach Hause kam, dräute sein Antlitz düster wie eine Gewitterwolke ...*

„Musst du denn immerzu lesen?“, fuhr er sie an.

„Oh, hallo Vati“, sagte sie freundlich, „hast du einen guten Tag gehabt?“

„Was ist das denn für ein Mist?“, fragte er und riss ihr das Buch aus den Händen.

„Das ist kein Mist, Vati, das ist schön. Es heißt ‚Der rote Pony‘, von John Steinbeck, einem amerikanischen Schriftsteller. Warum schaust du nicht einmal hinein, es würde dir gefallen.“

„Dreck“, sagte Herr Wurmwald. „Wenn es von einem Ami stammt, ist es ganz bestimmt Dreck. Über was anderes schreiben die gar nicht.“

„Nein, Vati, es ist schön, ganz ehrlich. Es handelt von ...“

„Ich will nicht wissen, wovon es handelt“, bellte Herr Wurmwald. „Deine ewige Leserei geht mir sowieso schon auf den Wecker. Such dir doch endlich eine nützliche Beschäftigung.“ Damit begann er plötzlich in rasender Geschwindigkeit, die Seiten, immer eine ganze Hand voll auf einmal, aus dem Buch zu reißen und sie in den Papierkorb zu schmeißen. «

Spiel 28: Das Schreispiel

Alter: ab 9 Jahre

Dauer: 60 Minuten

Material: Kopien des Ausschnitts für jeden Teilnehmer

So geht es: Der Spielleiter verteilt Kopien von dem Ausschnitt und liest ihn vor. Er kann aber auch von den Teilnehmern gelesen werden. In dem Fall liest einer die Matilda, ein anderer den Vater und ein Dritter den Erzähler. Nachdem der Spielleiter auf den Gegensatz zwischen dem immer lauter werdenden Vater und der ruhig bleibenden Matilda aufmerksam gemacht hat, werden Dreiergruppen gebildet: ein Erzähler, ein Kind und ein Vater (oder eine Mutter).

Der Ausschnitt dient als Ausgangspunkt für eine Improvisation: das immer lautere Schreien des Vaters, der immer erregtere Erzähler und die betont langsam und ruhig sprechende Matilda.

Jede Gruppe übt diese Situation bis zu der Stelle, wo der „Erwachsene“ das Buch zerreißt und vor Wut laut schreit. Wie die Rollen am besten verteilt werden, müssen die Teilnehmer ausprobieren. Es macht Kindern viel Spaß, einen wütenden Erwachsenen zu spielen. Der Spielleiter sollte darauf achten, dass nicht sofort drauflos geschrien, sondern die Lautstärke langsam gesteigert wird. Zum Schluss führt jede Dreiergruppe ihre Improvisation vor.

Variante 1: Der Erzähler oder das Kind können den Vater auch nachahmen, indem sie jeweils sein letztes Wort wie ein Echo wiederholen oder etwas dazu reimen.

Variante 2: Diesmal dreht der Vater völlig durch oder erleidet einen Nervenzusammenbruch, weil zum Beispiel das Buch einfach nicht kaputtgehen will oder er stürzt. In diesem Fall endet die Improvisation mit einer Moral. Jede Dreiergruppe kann sich aber auch eine „Strafe“ für diesen Erwachsenen ausdenken und als Zugabe spielen. Zum Schluss wird gemeinsam besprochen, was für eine Strafe solche Eltern eigentlich verdient hätten.

Tonke Dragt

Der Brief für den König

Ausgabe: • Beltz & Gelberg Verlag (Gulliver Taschenbuch 23), 1999. ISBN 3-407-78023-0.

Thema: • Suche; Spionage

Kriterien: • spannend, in Holland als „Bestes Buch des Jahres" ausgezeichnet

Kurze Inhaltsangabe: • In der Nacht vor dem großen Fest, bei dem er zum Ritter geschlagen werden soll, kommt ein Mann zu „Ritter" Tiuri und bittet ihn, dem schwarzen Ritter mit dem weißen Schild einen Brief zu überbringen. Als er ihn findet, ist es jedoch zu spät: Der Ritter ist tödlich verwundet. Bevor er stirbt, bittet er Tiuri, dem König des Reichs von Unauwen einen Brief zu bringen. Wieder sagt Tiuri zu. Doch einige Herrscher wollen nicht, dass der Brief den König erreicht, und versuchen ihn in ihren Besitz zu bringen. Als Tiuri endlich das Land von Unauwen erreicht, versteht er, warum ihm so viele Schwierigkeiten bereitet worden sind.

Ausschnitt (S. 295/296): » *Er sang ein Liedchen nach dem andern, aber zuletzt summte er nur noch eine Melodie, die Tiuri nicht kannte. Sie klang sonderbar: Einmal rasch, dann wieder langsam, manchmal erregt, dann leise und geheimnisvoll. Piak summte sie immer neu und änderte ab und zu etwas. Schließlich schien er eine Melodie gefunden zu haben, die ihm gefiel. Dann schaute er Tiuri an und fragte leise:*
„Weißt du, was ich singe?"
„Nein", erwiderte Tiuri.
„Ein Liedchen auf Worte, die nur wir kennen. Ich darf sie nicht laut singen. Sing sie nur in Gedanken mit!"
Piak begann wieder zu summen und nun merkte Tiuri, dass er die Botschaft des Briefes nach dem Liedchen singen konnte. Nach einer Weile summte er mit und so ritten sie in den Wald von Ingewel. «

Spiel 29: Singen ohne Worte

Alter: ab 9 Jahre

Dauer: 3 Minuten

So geht es: Der Spielleiter liest den Ausschnitt vor und schreibt die folgenden Kategorien an die Tafel: Klassik, Pop, Film, Theater, Kinderlieder. Dann summt er aus einer dieser Kategorien ein bekanntes Lied. Die Teilnehmer sollen raten, wie es heißt und wer es singt. Wissen sie es nach zweimaligem Vorsummen noch nicht, dürfen sie Fragen stellen, die der Spielleiter jedoch nur mit ja oder nein beantworten darf.

Variante: Die Gruppe komponiert ein Lied ohne Worte, indem eine bekannte Melodie so bearbeitet wird, dass ein neuer Song entsteht. Es dürfen nur Stimmgeräusche gemacht werden.

Erzählspiele

Kinder im Alter zwischen 9 und 13 Jahren erzählen gern, was sie gesehen oder erlebt haben. Aber noch lieber erzählen sie Witze, Anekdoten oder Rätsel.
Doch Erzählen will gelernt sein. Einen Witz gut zu erzählen, ist gar nicht so einfach, erst recht nicht in diesem Alter.
Durch Erzählspiele wird gelernt, Informationen auf ansprechende Weise weiterzugeben. Spannung, Aufbau, Länge, Lautstärke, Verständlichkeit, Stimmung, Präsentation, Inhalt – alles muss stimmen. Nach jedem Vortrag eines Kindes kann einer dieser Aspekte besprochen werden.

Buch:

- **Wim** *(Wim Hofman)*
- **Nasreddin Hodscha** *(Ulrich Marzolph, Hg.)*
- **Zoom** *(Istvan Banyai)*
- **Danny oder Die Fasanenjagd** *(Roald Dahl)*
- **Der kleine Hobbit** *(John Ronald R. Tolkien)*
- **Momo** *(Michael Ende)*
- **Emil und die Detektive** *(Erich Kästner)*

Erzählspiel:

- **Der Sprachwasserfall**
- **Die Anekdote**
- **Vom Bild zur Geschichte**
- **Die Geheimmethode**
- **Einen eigenen Hobbit machen**
- **Die eigene Stadt entdecken**
- **Eine eigene Geschichte erfinden**

Wim Hofman

Wim

Ausgabe: • Middelhauve Verlags GmbH für tabu Verlag, München, 1997. ISBN 3-89692-104-5.

Thema: • Streit; Weglaufen; Ehescheidungen

Kriterien: • ergreifende Geschichte, die wirklich passieren könnte; wunderschöne Beschreibungen von Dingen, die ein Junge in dem Alter tun und erleben kann

Kurze Inhaltsangabe: • Wim läuft von zu Hause weg, weil ihn keiner mag. In seiner Familie ist aber auch wirklich einiges im Argen: Seine Eltern haben beide ein geheimes Verhältnis mit einer anderen Person, mit seinem Bruder verträgt er sich auch nicht und er fühlt sich einsam. Bis er wegläuft ...

Ausschnitt (S. 93): »*„Ja, dass ich eines Tages verheiratet war, habe ich wohl gespürt", sagte Simon. „Auf einmal war meine Wohnung zu klein. Meine Frau brachte alles Mögliche mit und sie kaufte noch alles Mögliche hinzu: ein großes Sofa und zwei Tische; und dann das Gerede ... Zu Anfang ist das noch schön. Zu Anfang habe ich noch mitgeredet, wenn ich zu Hause war. Dann fing ich an zu widersprechen.*
Aber jetzt bleib ich ruhig und lass sie reden. Ja, sagt sie dann: Du musst den Flur endlich tapezieren oder nein, eine Holzvertäfelung sieht auch gut aus, und die Treppenstufe hat sich gelockert, kannst du die eben machen? Eigentlich musst du die Stufen verbreitern, sie sind viel zu schmal, so bricht man sich noch den Hals, und du musst dir endlich einen neuen Anzug kaufen ...«

Spiel 30: Der Sprachwasserfall

Alter: ab 10 Jahre

Dauer: 15 Minuten

So geht es: Die Aufgabe lautet, wie Simon in einem Atemzug so viel wie möglich über ein Thema zu erzählen.
Die Teilnehmer bilden kleine Gruppen und denken sich ein Thema aus. Der Spielleiter kann aber auch Vorschläge machen, zum Beispiel: wie ihr morgens aufsteht; euer Haustier; die Schule; der Sport usw. Gemeinsam trägt jede Gruppe zusammen, was man dazu alles sagen könnte. Der Teilnehmer mit dem längsten Atem kommt nach vorn und trägt es vor, indem er redet wie ein Wasserfall.

Variante: Diesmal geht es darum, welche Gruppe am längsten reden kann. Alle bereiten dasselbe Thema vor und jeder schreibt dazu ein paar Dinge auf einen Spickzettel. Dann wird vorgetragen. Wenn dem ersten Sprecher einer Gruppe der Atem ausgeht, fängt der Nächste an usw. Ein Schiedsrichter passt auf, dass nichts mehrmals gesagt wird. Von jeder Gruppe wird die Zeit gestoppt.

Ulrich Marzolph (Hg.)

Nasreddin Hodscha

Ausgabe: • C.H. Beck Verlag, 1996. ISBN 3-406-40445-6.

Thema: • Sprüche und Weisheiten

Kriterium: • Gern hätten wir mehr Bücher aus anderen Kulturen aufgenommen, doch die meisten werden leider nicht mehr verlegt. Hodscha war nicht nur unsere Wahl, sondern auch die von Experten.

Kurze Inhaltsangabe: • Nasreddin Hodscha ist der Held vieler kleiner Geschichten und Witze, in denen das Leben und alles, was die Menschen aus ihm machen, verspottet wird. Hodscha kämpft gegen Unglauben, Unrecht, Habgier und noch viele andere menschliche Untugenden.

Ausschnitt (S. 38): » *Jemand sagte einmal zu Dschuha: „Ich habe aus eurem Haus kürzlich Geschrei gehört. Was war denn los?“ Er antwortete: „Mein Hemd ist heruntergefallen.“ – „Na und? Was ist denn schon dabei, wenn das Hemd herunterfällt?“ – „Du Dummkopf! Stell dir vor, ich wäre darin gewesen: Dann wäre ich doch wohl mit ihm zusammen heruntergefallen!“* «

aus: Nasreddin Hodscha. 666 wahre Geschichten, herausgegeben und übersetzt von Ulrich Marzolph. Neue orientalische Bibliothek. C.H. Beck'sche Verlagsbuchhandlung, München

Spiel 31: Die Anekdote

Alter: ab 12 Jahre

Dauer: 10 Minuten

Material: Kopien des Ausschnitts für alle Teilnehmer

So geht es: Zur Einstimmung erzählt der Spielleiter ein paar kurze Geschichten von Hodscha. Dann teilt er Kopien des Ausschnitts aus mit dem Auftrag, fünf Minuten später den Witz zu erzählen. Er darf auswendig gelernt oder nacherzählt werden. Nach fünf Minuten dürfen einige Kinder vortragen und die Unterschiede werden gemeinsam besprochen.

Variante: Ein Kind erzählt einen Witz und ein anderes muss ihn sofort in eigenen Worten nacherzählen. Was hebt es besonders hervor: die Pointe, den Rhythmus, den spannenden Aufbau, die Übertreibung? Bei jedem Treffen kann der Spielleiter auf diese Weise mit den Teilnehmern üben, Texte vorzutragen, damit sie lernen, worauf sie dabei achten müssen.

Istvan Banyai

Zoom

Ausgabe: • Verlag Sauerländer, 1995. ISBN 3-7941-3900-3.

Thema: • Vergrößern und Verkleinern der eigenen Welt durch Bilder

Kriterien: • Buch ohne Text, für das eine Geschichte erfunden werden muss; wunderschöne Vergrößerungen

Kurze Inhaltsangabe: • Vom Kamm eines Hahns aus „zoomt" das Buch Bild für Bild weiter aus und zerstört jeden Gedanken den der Betrachter entwickelt.

Spiel 32: Vom Bild zur Geschichte

Alter: ab 9 Jahre

Dauer: 10 Minuten

Material: das Bilderbuch

So geht es: Der Spielleiter zeigt der Gruppe nacheinander die Bilder. Bei jedem Bild erzählt ein anderes Kind die Geschichte weiter.

Variante: Diesmal soll geraten werden, was auf dem nächsten Bild passiert. Jedes Mal kommt ein anderes Kind an die Reihe.
Natürlich können auch andere Bücher ohne Text so bearbeitet werden.

Danny oder Die Fasanenjagd

Ausgabe: • Rowohlt Verlag (rororo 20315), 1997. ISBN 3-499-20315-4.

Thema: • Vaterschaft; Geheimnisse

Kriterien: • Klassiker; schönes Vater-Sohn-Verhältnis

Kurze Inhaltsangabe: • „Danny oder Die Fasanenjagd“ ist eine heitere Geschichte, in der der Vater nach guter Familientradition Wilddieb ist und das ganze Dorf mit Fasanen versorgt. Eines Tages kommt Danny dem Vater auf die Schliche. Er verbessert dessen Technik, übertrifft ihn schließlich sogar und wird Weltmeister im Wildern.

Ausschnitt (S. 39): ❞ *„Fasanen“, flüsterte er, „sind verrückt auf Rosinen.“ „Das ist das große Geheimnis?“ „Das ist es“, bestätigte er. „Es klingt vielleicht nicht nach viel, wenn ich es nur so sage, aber glaube mir, es ist eine große Sache.“ „Rosinen?“, fragte ich. „Ja, ganz gewöhnliche Rosinen. Das ist bei ihnen wie eine Sucht. Du brauchst einer Schar Fasanen bloß ein paar Rosinen hinzuwerfen, und schon gehen sie aufeinander los, um sie sich gegenseitig wegzuschnappen. Das hat mein Vater vor vierzig Jahren herausgefunden, zu der Zeit, als er auch die anderen Sachen entdeckt hat, von denen ich dir noch erzählen will.“ Mein Vater machte eine Pause, drehte den Kopf und warf einen Blick über die Schulter, als wollte er sich vergewissern, dass niemand an der Tür unseres Wohnwagens stand und uns belauschte.* ❝

Roald Dahl, Textausschnitt aus: DANNY oder DIE FASANENJAGD

Spiel 33: Die Geheimmethode

Alter: ab 9 Jahre

Dauer: ein paar Minuten Vorführzeit je Kind

So geht es: Kinder dieser Altersstufe lieben Geheimnisse. Die Aufgabe lautet: Jeder erfindet für das nächste Treffen zwei Geschichten von je höchstens zwei Minuten, die beide von einer anderen Geheimmethode handeln. Die eine gibt es wirklich und wird in einem Lexikon nachgeschlagen, die andere wird erfunden. Die Kunst besteht nun darin, beide Geschichten so zu erzählen, dass die Zuhörer nicht wissen, welche echt und welche erfunden ist. Gegebenenfalls macht der Spielleiter es zuerst vor.

Beim nächsten Treffen erzählen dann die Teilnehmer ihre Geschichten, die zum Beispiel davon handeln, wie man einen Fuchs oder einen Leoparden zähmt.

John Ronald R. Tolkien

Der kleine Hobbit

Ausgabe: • dtv Verlag (dtv junior 7151), 1995. ISBN 3-423-07151-6.

Thema: • Abenteuer; seltsame Wesen; Zwerge; Drachen

Kriterium: • Klassiker

Kurze Inhaltsangabe: • Die Hobbitfamilie Beutlin mag keine Abenteuer. Als Gandalf, ein alter Bekannter, jemanden für ein Abenteuer sucht und Bilbo Beutlin fragt, lautet dessen Antwort dann auch „nein“. Aber Gandalf lässt nicht locker und schließlich geht Bilbo doch mit – als Meisterdieb. Gandalf hat den Zwergen, den Auftraggebern der Expedition, nämlich erzählt, an Bilbos Haus hinge ein Schild mit der Aufschrift: Meisterdieb sucht Arbeit. Die Zwerge suchen dringend einen Meisterdieb, der dem Drachen Smaug ihren Familienschatz wieder abnimmt, den dieser ihnen gestohlen hat. Bilbo bleibt gar keine Wahl.

Ausschnitt 1 (S. 7): ” *In einer Höhle in der Erde, da lebte ein Hobbit. Nicht in einem schmutzigen, nassen Loch, in das die Enden von irgendwelchen Würmern herabbaumelten und das nach Schlamm und Moder roch. Auch nicht etwa in einer trockenen Kieshöhle, die so kahl war, dass man sich nicht einmal niedersetzen oder gemütlich frühstücken konnte. Es war eine Hobbithöhle, und das bedeutet Behaglichkeit.* “

Ausschnitt 2 (S. 8): ” *Was ist eigentlich ein Hobbit? Ich glaube, dass die Hobbits heutzutage einer Beschreibung bedürfen, da sie selten geworden sind und scheu vor den „Großen Leuten“, wie sie uns zu nennen pflegen.* “

zitiert nach: John Ronald R. Tolkien, Der kleine Hobbit

Spiel 34: Einen eigenen Hobbit machen

Alter: ab 9 Jahre

Dauer: 20–30 Minuten

Material: Papier, Buntstifte, Ton, Holz, Karton

So geht es: Der Spielleiter liest die Ausschnitte vor. Dann bekommt jeder ein großes Blatt Papier mit der Aufgabe, einen Hobbit zu malen und sich zu überlegen, wie er wohnt, mit wem, welche Eigenarten er hat, was er isst usw. Wenn alle fertig sind, erzählt jeder abwechselnd zwei Minuten lang von seinem Hobbit, wobei er so tut, als hätte er ihn irgendwo entdeckt und genauestens studiert. Die Geschichte ist also das Forschungsergebnis.

Variante: Die Hobbits werden aus Ton, Holz oder Karton gebastelt. Der Spielleiter sorgt dafür, dass genug Material vorhanden ist, sodass die Kinder ihrer Fantasie freien Lauf lassen können.

Michael Ende

Momo

Ausgabe: • Thienemanns Verlag, 1997. ISBN 3-522-11940-1.

Thema: • Abenteuer; Freundschaft; modernes Märchen

Kriterien: • Klassiker; Deutscher Jugendbuchpreis

Kurze Inhaltsangabe: • Als die grauen Herren den Bewohnern der Stadt vorschlagen, Zeit zu sparen – natürlich gegen Zinsen –, denken alle, es könnte ihnen gar nichts Besseres passieren. Doch stattdessen arbeitet jeder nur immer mehr und spart überhaupt keine Zeit. Die Welt wird grauer und grauer. Mit Unterstützung von Meister Hora (dem Bewacher der Zeit) kämpft Momo gegen die Zeitdiebe.

Ausschnitt (S. 8): » *Jahrtausende sind seither vergangen. Die großen Städte von damals sind zerfallen, die Tempel und Paläste sind eingestürzt. Wind und Regen, Kälte und Hitze haben die Steine abgeschliffen und ausgehöhlt, und auch von den großen Theatern stehen nur noch Ruinen. Im geborstenen Gemäuer singen nun die Zikaden ihr eintöniges Lied, das sich anhört, als ob die Erde im Schlaf atmet. Aber einige dieser alten, großen Städte sind große Städte geblieben bis auf den heutigen Tag. Natürlich ist das Leben in ihnen anders geworden. Die Menschen fahren mit Autos und Straßenbahnen, haben Telefon und elektrisches Licht. Aber da und dort zwischen den neuen Gebäuden stehen noch ein paar Säulen, ein Tor, ein Stück Mauer, oder auch ein Amphitheater aus jenen alten Tagen. Und in einer solchen Stadt hat sich die Geschichte von Momo begeben.* «

Spiel 35: Die eigene Stadt entdecken

Alter: ab 10 Jahre

Dauer: zwei Vor- oder Nachmittage

So geht es: Der Spielleiter liest den Ausschnitt vor und fragt die Teilnehmer, welche alten Gebäude es in ihrer Stadt gibt. Er hat sich natürlich vorbereitet und hilft gegebenenfalls. Er kann aber auch einen gemeinsamen Stadtspaziergang organisieren, bei dem er auf alle alten Gebäude aufmerksam macht. Zu dritt ziehen die Kinder los, um die Entstehungsgeschichte eines Gebäudes zu erkunden. Was sie herausfinden, wird aufgeschrieben und von dem Gebäude wird ein Bild gemalt. Danach erzählt jede Gruppe, was sie alles erfahren hat. Die Texte und Bilder der Gebäude werden eingesammelt und zu einem schönen Buch gebunden. Natürlich können auch andere Gebäude, zum Beispiel die auffälligsten, untersucht werden.

Variante: In diesem Jahrhundert wurden viele neue Erfindungen gemacht. Was wurde in den letzten hundert Jahren so alles erfunden? Danach sollen die Teilnehmer selbst etwas erfinden, das sie gern hätten.

Erich Kästner

Emil und die Detektive

Ausgabe: • Dressler Verlag, 1996. ISBN 3-7915-3012-7.

Thema: • Detektive

Kriterien: • Klassiker

Kurze Inhaltsangabe: • Emil fährt in den Ferien zu seiner Großmutter nach Berlin. Im Zug schläft er ein, und als er aufwacht, ist sein Nachbar verschwunden – und das Taschengeld, das ihm seine Mutter mitgegeben hat, auch! Das lässt Emil sich nicht gefallen. Unterstützt von einer Bande Jungs macht er sich auf die Suche und nach einer abenteuerlichen Verfolgungsjagd wird der Dieb gefasst.

Ausschnitt (S. 17): » *Eine Geschichte, ein Roman, ein Märchen, – diese Dinge gleichen den Lebewesen, und vielleicht sind es sogar welche. Sie haben ihren Kopf, ihre Beine, ihren Blutkreislauf und ihren Anzug wie richtige Menschen. Und wenn ihnen die Nase im Gesicht fehlt oder wenn sie zwei verschiedene Schuhe anhaben, merkt man es bei genauem Zusehen. Ich möchte euch nun, ehe ich die Geschichte im Zusammenhang berichte, das kleine Bombardement vorführen, das mir die einzelnen Glieder des Ganzen, die Einfälle und die Bestandteile, zuwarf.*
Vielleicht seid ihr geschickt genug und könnt euch aus den verschiedenen Elementen die Geschichte zusammenstellen, ehe ich sie erzähle? «

Mit freundlicher Genehmigung des Atrium Verlages.

Spiel 36: Eine eigene Geschichte erfinden

Alter: ab 12 Jahre

Dauer: zwei Vor- oder Nachmittage

Material: Kopien der Seiten 18–27

So geht es: Der Spielleiter liest den Ausschnitt vor. (Der Rest der Geschichte wird nicht erzählt.) Von den in dem Ausschnitt erwähnten „Elementen“, den Bildern und Beschreibungen auf den Seiten 18–27, hat er Kopien gemacht. Diese bilden den Ausgangspunkt für das Spiel: Die Teilnehmer sollen selbst eine Geschichte erfinden. Je zwei Kinder lassen sich etwas einfallen und schreiben es auf (maximal zwei Seiten). Beim nächsten Mal wird vorgelesen. Zum Schluss liest der Spielleiter mit den Teilnehmern das ganze Buch.

Variante: Paarweise entwerfen die Teilnehmer eigene Erzählelemente: ein Bild mit einer kurzen Beschreibung. Danach tauscht jedes Paar seine Elemente mit einem anderen und schreibt eine neue Geschichte. Auf diese Weise sieht jeder, was anderen zu seinen Erzählelementen einfällt.

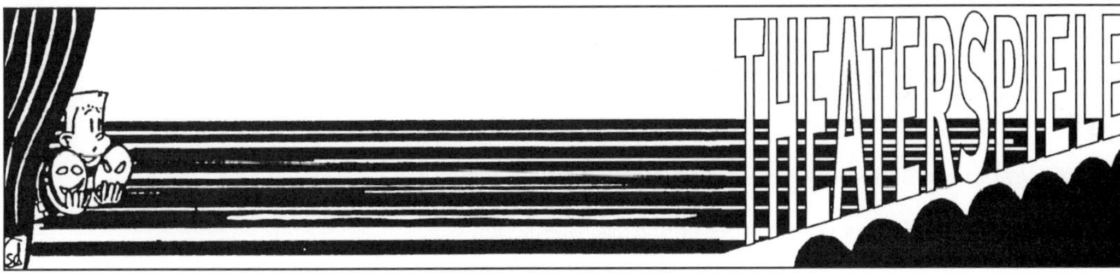

Theaterspiele

Für 9- bis 13-Jährige sind Theaterspiele eine Art Wettstreit: Jeder will so oft wie möglich drankommen und sein ganzes Können ausspielen. Der Spielleiter sollte daher auf die Zeit achten.
Vor allem historische Themen werden mit Feuereifer nachgespielt. Kolumbus´ Seereisen sind ebenso beliebt wie die spontanen Einfälle der „roten Prinzessin" von Paul Biegel.
In diesem Alter messen sich Kinder auch gern in Quizspielen und Wettkämpfen mit anderen.
Gut geübt werden kann in diesem Zusammenhang vor allem das Improvisieren.

Buch:

- **Der Kleine Prinz** *(Antoine de Saint-Exupéry)*
- **Die rote Prinzessin** *(Paul Biegel)*
- **Deesje macht das schon** *(Joke van Leeuwen)*
- **Die Kinderkarawane** *(An Rutgers-van der Loeff)*
- **Ophelias Schattentheater** *(Michael Ende, Friedrich Hechelmann)*

Theaterspiel:

- **Tableau vivant**
- **Das königliche Verhalten**
- **Das Störspiel**
- **Das Schreiben des „Wer-weiß-was-wo-und-wie-Buches"**
- **Das kurze Erzählspiel**
- **Die Botschaft**
- **Das Schattenspiel**

Antoine de Saint-Exupéry

Der Kleine Prinz

Ausgabe:
- Karl Rauch Verlag, 1998. ISBN 3-7920-0027-X.

Thema:
- Fantasieren; Kinder und große Menschen

Kriterien:
- Klassiker; ein wundervolles Märchen; Sprachgebrauch; Ausarbeitung des Themas

Kurze Inhaltsangabe:
- Ein Pilot begegnet bei einer Notlandung dem kleinen Prinzen. Der stammt von einem anderen Planeten und will von dem Piloten wissen, wie die großen Menschen denken und empfinden. Er erzählt ihm auch, warum er von seinem Asteroiden auf die Erde gekommen ist und was im Leben wirklich wichtig ist.

Ausschnitt (S. 48):

» *Den nächsten Planeten bewohnte ein Säufer. Dieser Besuch war sehr kurz, aber er tauchte den kleinen Prinzen in eine tiefe Schwermut.*
„Was machst du da?", fragte er den Säufer, den er stumm vor einer Reihe leerer und einer Reihe voller Flaschen sitzend antraf.
„Ich trinke", antwortete der Säufer mit düsterer Miene.
„Warum trinkst du?", fragt ihn der kleine Prinz.
„Um zu vergessen", antwortete der Säufer.
„Um was zu vergessen?", erkundigte sich der kleine Prinz, der ihn schon bedauerte.
„Um zu vergessen, dass ich mich schäme", gestand der Säufer und senkte den Kopf.
„Weshalb schämst du dich?", fragte der kleine Prinz, der den Wunsch hatte, ihm zu helfen.
„Weil ich saufe!", endete der Säufer und verschloss sich endgültig in sein Schweigen. «

Spiel 37: Tableau vivant

Alter: ab 9 Jahre

Dauer: 15 Minuten

So geht es: Der Spielleiter liest den Ausschnitt vor. Oder er liest ihn gemeinsam mit zwei Teilnehmern mit verteilten Rollen.
Dann wird erklärt, was ein Tableau vivant ist: ein lebendiges Bild, das plötzlich zum Leben erwacht und dann wieder erstarrt. Paarweise sollen die Kinder nun solche lebendigen Bilder von dem Trinker und dem kleinen Prinzen einstudieren, zu jedem Satz ein anderes. Der Ausschnitt kann in ungefähr acht Bildern dargestellt werden.
Nach fünf Minuten setzen sich alle wieder in den Kreis und während der Spielleiter vorliest, präsentieren die Paare nacheinander das entsprechende Tableau vivant. Dabei wird nicht gesprochen.

Paul Biegel

Die rote Prinzessin

Ausgabe: • C. Bertelsmann Verlag (Omnibus 20035), 1996. ISBN 3-570-20035-3.

Thema: • Räuber; Märchenwelt; Umgangsformen

Kriterien: • lustige Sprache; wunderschöne Darstellung einer Fantasiewelt

Kurze Inhaltsangabe: • Als die rote Prinzessin zum ersten Mal ausreitet, wird sie von ein paar schusseligen, aber netten Räubern entführt. Da sie erst an diesem Tag, ihrem 12. Geburtstag, dem Volk vorgestellt werden sollte und sie niemand zuvor gesehen hat, kann keiner nach ihr suchen. Die Prinzessin erlebt, wie das Leben außerhalb des Schlosses ist und wie sehr es sich von ihrem eigenen unterscheidet.

Ausschnitt (S. 87):

» *Patricia hielt das Kleid manierlich gerafft, sodass sie nicht darüber strauchelte, aber sie trug die Nase so königlich überheblich hoch, dass sie den Stuhl nicht sah und darüber stolperte.*
„Prinzessinnen wissen, wo alles steht“, sagte Opa und so war auch Patricia ausgeschieden.
Nora schaffte es bis zu Opa, aber bei der Verbeugung fiel ihr die Krone vom Kopf.
„Prinzessinnen verlieren nichts“, sagte Opa. Nora war durchgefallen.
Alberta machte ihre Sache besser, sie kam würdig schreitend herein, verbeugte sich, sagte manierlich „Guten Tag, Vater König“, lachte aber sofort prustend los und war nicht mehr zu beruhigen. «

Spiel 38: Das königliche Verhalten

Alter: ab 9 Jahre

Dauer: 25 Minuten je Ausschnitt

Material: Kleider für die Mädchen; Anzüge für die Jungen

So geht es: Der Spielleiter liest den Ausschnitt vor und erläutert die Situation: Die Leute wissen zwar, dass die echte Prinzessin entführt worden ist, aber weil niemand sie jemals gesehen hat, denken sie sich einen Plan aus: Sie schaffen eine eigene Prinzessin und liefern die ab. Also wird geübt, wie eine Prinzessin geht, spricht (in der Wir-Form), sich bewegt und was im Leben einer Prinzessin alles anders ist als im normalen Leben. Die Mädchen haben Kleider, Schmuck und Schminke mitgebracht, die Jungen Anzüge. Zuerst wird der Ausschnitt nachgespielt. Danach überlegen sich die Kinder jeweils zu zweit, wie sie die Prinzessin spielen wollen. Nach 10 Minuten wird vorgeführt.

Variante: Die Prinzessin hält eine kurze Rede vor dem Volk (den anderen Teilnehmern), zum Beispiel eine Dankesrede. Zuerst wird gemeinsam überlegt, was sie sagen soll. Danach wird die Rede aufgeschrieben und vorgetragen.

Joke van Leeuwen

Deesje macht das schon

Ausgabe: • Beltz & Gelberg Verlag (Gulliver Taschenbuch 172), 1994. ISBN 3-407-78172-5.

Thema: • Fantasiesprache; Rahmenerzählungen; ein misslungener Besuch

Kriterien: • lustige Sprache; Text und Bilder sind stark ineinander integriert; fantasievoll

Kurze Inhaltsangabe: • Deesjes Vater und ihre zwei Brüder basteln ständig am Haus herum und kümmern sich gar nicht um sie. Als sie sie zu Besuch einmal fortschicken, verläuft sie sich und gerät in allerlei seltsame Situationen, bis sie zufällig ihrer Familie begegnet, die sie besuchen sollte.

Ausschnitt 1 (S. 9): » *Deesje war bei weitem die Jüngste zu Hause. Sie hatte einen Vater und zwei große Brüder, Sam-Jan und Jan-Sam.*
Die drei waren ständig beschäftigt. Sie nagelten schmale Bretter an die Decke. Nach einiger Zeit nahmen sie die Bretter wieder ab und nagelten breite Bretter an die Decke. Sie rissen die Tapete mit Tupfenmuster von den Wänden und klebten eine gestreifte dran. Nach einer Weile rissen sie die gestreifte Tapete wieder von den Wänden und klebten eine Tapete mit Tupfenmuster dran. So hatten sie immer etwas zu tun. «

Spiel 39: Das Störspiel

Alter: ab 9 Jahre

Dauer: 25 Minuten

So geht es: Der Spielleiter liest den Ausschnitt vor und teilt die Teilnehmer in Vierergruppen ein: Einer ist das Kind, um das sich niemand kümmert (Deesje), einer der Vater und zwei sind die beiden Brüder. Alle Rollen können sowohl von Mädchen als auch von Jungen gespielt werden.
Dann spielt jede Gruppe die Geschichte nach. Drei Teilnehmer sind pantomimisch mit Arbeiten am Haus beschäftigt und reden dabei über Nägel, Latten, Muttern, Leim, Tapetenrollen usw. (Murmeln, Summen oder Singen geht auch). Der Vierte versucht sie zu stören, aber ohne Erfolg. Die „Heimwerker“ sind so in ihre Arbeit vertieft, dass sie „Deesje“ gar nicht beachten.
Zehn Minuten wird geübt, danach präsentiert jede Gruppe ihr Störspiel.
Natürlich kann auch ein anderes Thema gewählt werden, zum Beispiel Aufräumen, Saubermachen oder Zelten.

Ausschnitt 2 (S. 86): *„Ich habe ein Wer-weiß-was-wo-und-wie-Buch", sagte Deesje. „Da stehen die Sterne und das Weltall und so drin. Davon weiß ich viel."*

Spiel 40: Das Schreiben des „Wer-weiß-was-wo-und-wie-Buches"

Alter: ab 9 Jahre

Dauer: 30 Minuten

Material: Papier, Stifte

So geht es: Ein „Wer-weiß-was-wo-und-wie-Buch" soll geschrieben werden, zu dem jeder eine Seite beisteuert, am besten gleich mit einer Abbildung. Was könnte in so einem Buch so alles stehen? Die Teilnehmer schlagen vielleicht in einem Lexikon etwas nach, das sie besonders interessiert, und beschreiben es dann mit eigenen Worten. Andere berichten womöglich über eine eigene Entdeckung, zum Beispiel wie lange eine Schnecke braucht, um von A nach B zu kriechen, wie lange eine Kerze brennt oder wann ein Stuhl umkippt. Im Wer-weiß-was-wo-und-wie-Buch kann alles Mögliche stehen: Sinniges und Unsinniges. Nach zwei Wochen werden die Blätter eingesammelt und zu einem Buch gebunden.

Ausschnitt 3 (S. 89): *Sie erzählte drei Geschichten.*
Die Erste handelte von einem Jungen. Er hatte einen Drachen, der nicht steigen wollte. Der Junge rannte durch die ganze Welt, bis er alt war. Der Drache war noch immer nicht gestiegen.
Die zweite handelte von einem Mädchen.
Das hatte einen Fisch. Mit dem machte sie jeden Tag einen Spaziergang zum Fluss und wieder zurück.
Die dritte handelte von einem Jungen, der wohnte in einem Wohnflugzeug.

Alle Ausschnitte mit freundlicher Genehmigung des Beltz Verlages.

Spiel 41: Das kurze Erzählspiel

Alter: ab 9 Jahre

Dauer: 30 Minuten

So geht es: Joke van Leeuwen ist eine Meisterin im Erfinden unsinniger Geschichten. Dieser Ausschnitt enthält drei Minigeschichten, die leicht weiter ausgearbeitet werden können. Nachdem der Spielleiter die Kinder darauf hingewiesen hat, erteilt er ihnen die Aufgabe, selbst eine unfertige Geschichte zu erfinden. Die Teilnehmer geben in groben Zügen an, wovon sie handelt.
Die Kinder können sich auch mit einem Partner zusammen eine Geschichte ausdenken. Nach zehn Minuten wird vorgetragen.

An Rutgers-van der Loeff

Die Kinderkarawane

Ausgabe: dtv Verlag (dtv Junior 7181), 1998. ISBN 3-423-07181-8.

Thema: elternlose Kinder; Kinder in der Rolle der Erwachsenen

Kriterien: Klassiker, wunderschöne Beschreibung von Entbehrungen; ergreifende Geschichte

Kurze Inhaltsangabe: Die Geschichte spielt vor fast 160 Jahren, als viele Menschen von der Ostküste der USA in den Westen zogen, und beruht auf einer wahren Begebenheit.
Die Familie Sager verlässt ihren Hof und bricht mit einer Kolonne Planwagen auf, um ihr Glück im Westen zu suchen. Doch Indianer, Büffel und das Wetter bereiten ihnen immer wieder Schwierigkeiten. Als Vater und Mutter Sager unterwegs sterben, ziehen die sieben kleinen Kinder alleine weiter. Nach einer langen Reise durch unwegsame Gegenden, auf der viele der Lasttiere zu Grunde gehen, Nahrung und Wasser oft knapp sind und zahlreiche andere unvorhersehbare Katastrophen passieren, erreichen sie schließlich ihr Ziel.

Ausschnitt (S. 148): »*„Vorwärts, wir dürfen nicht zurückbleiben", mahnte John.*
Er rief die Indianer. Sie hörten nicht. Er versuchte sie einzuholen. Er gab einen Schuss aus seinem Gewehr ab – das half einen Augenblick. Unzufrieden warteten sie, bis er keuchend bei ihnen ankam.
Mit verzweifelten Gesten wollte er ihnen klarmachen, dass die Kinder nicht so schnell gehen konnten. Er spreizte die Hände, die Handflächen nach oben, zum Zeichen der Ohnmacht. Er deutete auf den Boden: Bitte setzt euch hin und wartet, ruht euch aus, ich hole sie inzwischen. Er griff an seine Füße und verzog schmerzlich das Gesicht, er keuchte und wies auf die Nachhut: Begreift doch, wie müde sie sind, wie schwer ihre Beine sie tragen! «

Spiel 42: Die Botschaft

Alter: ab 9 Jahre

Dauer: 15 Minuten

So geht es: In dem Ausschnitt geht es darum, dass die Kinder von Indianern begleitet werden, die sie über einen schwierigen Pass führen sollen. Doch die Indianer haben anderes im Sinn und tun so, als würden sie nicht verstehen, was die Kinder ihnen mitteilen wollen. Der Spielleiter liest den Ausschnitt vor und fordert abwechselnd Teilnehmer im Kreis auf, den anderen die Botschaft durch Gebärden zu übermitteln. Welche Unterschiede fallen auf?

Variante: Wenn man einem Fremden nicht mitteilen kann, was man erlebt, fühlt oder sagen will, hilft man sich mit Bildern oder Gebärden. Jeweils zwei Kinder sollen sich eine solche Situation ausdenken und diese üben. Nach zehn Minuten wird vorgeführt.

Michael Ende, Friedrich Hechelmann

Ophelias Schattentheater

Ausgabe: • Thienemanns Verlag, 1996. ISBN 3-522-42520-0.

Thema: • Alter; Einsamkeit; Vergreisung; Tod; Theater-/Schattenspiel

Kriterien: • ergreifende Geschichte einer alten Frau; wunderschöne Bilder; ein Juwel von Michael Ende

Kurze Inhaltsangabe: • Ophelia arbeitet in einem Kleinstadttheater. Nach ihrer Pensionierung besuchen sie plötzlich allerlei herrenlose Schatten, die bei ihr bleiben wollen und ihr so zu einer neuen Form des Theaters verhelfen: dem Schattentheater. Damit zieht sie durch die Lande, bis sie dem letzten Schatten begegnet: dem Tod. Doch selbst im Himmel führt Ophelia noch Theaterstücke mit ganz vielen Schauspielern auf.

Ausschnitt (o. S.): »*Von nun an kamen fast täglich neue herrenlose Schatten zu ihr, denn es gibt viele davon auf der Welt. Der vierte hieß Hein Allein. Der fünfte hieß Siechnacht. Der sechste hieß Nimmermehr. Der siebente hieß Leereschwere. Und so ging es immer weiter.*«

Michael Ende, OPHELIAS SCHATTENTHEATER

Spiel 43: Das Schattenspiel

Alter: ab 9 Jahre

Dauer: zwei Gruppentreffen von je 60 Minuten

Material: ein 2 x 4 m großes Tuch (zwei aneinander genähte Bettlaken); zwei ungefähr zwei Meter hohe Ständer, um das Tuch aufzuhängen; eine Lampe oder ein Scheinwerfer; ein Raum, der abgedunkelt werden kann und Spielern und Zuschauern genügend Platz bietet; eventuell Hintergrundmusik

So geht es: In dem Buch „Wir spielen Schattentheater" aus dem Verlag Freies Geistesleben, ISBN 3-7725-0441-8, wird die Technik des Schattenspiels ausführlich erläutert.
Die meisten Kinder werden sich an das Spielen mit Licht und Dunkel und die Projektion auf ein Tuch erst gewöhnen müssen. Um einen scharfen Schatten zu bekommen, gehen sie ganz nah ans Tuch heran. Je weiter sie sich von ihm weg, d.h. auf die Lampe zubewegen, desto größer wird ihr Schatten. Und natürlich drehen sie sich immer so, dass ihr Profil zu sehen ist.
Nachdem der Spielleiter die Geschichte vorgelesen hat, erhalten die Kinder die Aufgabe, eigene Schatten zu erfinden. Sie können sich auch eine kurze Geschichte für mehrere Schatten ausdenken, die ein paar Treffen lang geprobt und danach aufgeführt wird.

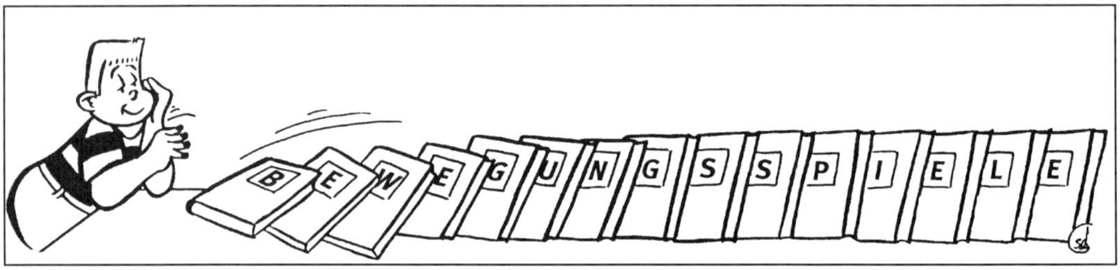

Bewegungsspiele

9- bis 13-Jährige wollen sich bewegen und tun dies mit einer selbstverständlichen Geschicklichkeit. In diesem Alter bilden sich die besten Turner heraus. Der Körper bekommt immer ausgewogenere Proportionen und fühlt sich gut und elastisch an. Viele Mädchen gehen zum Ballett und Jungen klettern auf jeden Baum, den sie finden können.

Im Gruppenverband bewegen sich Jungen und Mädchen bis zur Pubertät völlig ungezwungen miteinander. Ihre enorme Energie eignet sich gut für ausdrucksvolle Tanzstücke. Die Spiele zu den Ausschnitten in dieser Serie bieten sowohl die Möglichkeit der Bewegung als auch des (gefühlsmäßigen) Ausdrucks und fördern die Zusammenarbeit.

Buch:	Bewegungsspiel:
• **Nils Holgersson** *(Selma Lagerlöf)*	• **Das Nebelspiel**
• **Fünf Freunde im Alten Turm** *(Enid Blyton)*	• **Das Tastspiel**
• **Das Dschungelbuch** *(Rudyard Kipling)*	• **Ein Tier nachahmen**
• **Heimatlos** *(Hector Malot)*	• **Die Talentprozession**
• **Gullivers Reisen** *(Jonathan Swift)*	• **Das Riesenbewegungen-Spiel**
• **Pinocchio** *(Carlo Collodi, Roberto Innocenti)*	• **Der Zimmermann und die Marionette**
• **Ronja Räubertochter** *(Astrid Lindgren)*	• **Die Beute machen**

Selma Lagerlöf

Nils Holgersson

Ausgabe:
- Dressler Verlag, 1998. ISBN 3- 7915-3564-1.

Thema:
- Reisen; Streifzüge

Kriterium:
- Klassiker

Kurze Inhaltsangabe:
- Nils schläft lieber, anstatt zu arbeiten, und die Tiere auf dem Hof seiner Eltern und im Wald quält er nur. Als er plötzlich ein Wichtelmännchen sieht und gefangen nimmt, wird er, nachdem es wieder frei ist, durch einen Zauber selbst in einen Zwerg verwandelt. Auf dem zahmen Gänserich Martin fliegt er mit einer Schar Wildgänse nach Lappland und erlebt dabei spannende Abenteuer. Er lernt die Tiersprache und hilft Tieren und Menschen in Not. Erst lange Zeit später kehrt er zu seinen Eltern zurück und wird wieder so groß wie er war.

Ausschnitt (S. 111):

» *Als der Nebel so dicht war, dass man keine Gänselänge weit mehr sehen konnte, fingen die Vögel an, sich wie Verrückte aufzuführen. Alle, die vorher in so ordentlicher Reihenfolge geflogen waren, begannen im Nebel zu spielen. Sie flogen kreuz und quer um die anderen in die Irre zu führen. „Passt auf!“, riefen sie. „Ihr fliegt ja nur im Kreis! Kehrt um! Auf diese Weise kommt ihr nicht nach Öland!“*
Alle wussten sehr gut, wo die Insel lag, aber jeder tat sein Bestes, um die anderen zu verwirren. „Seht mal die Eisenten!“, klang es durch den Nebel. „Sie fliegen zurück zur Nordsee.“ «

Spiel 44: Das Nebelspiel

Alter: ab 9 Jahre

Dauer: 10 Minuten

So geht es: Der Spielleiter liest den Ausschnitt vor und erzählt von den Wildgänsen, die nicht genau wissen, wo das Land liegt, zu dem sie unterwegs sind. Mehrmals werden sie von anderen Vögeln, die sich im Nebel besser orientieren können, in die falsche Richtung geschickt.
Dann wird das „Nebelspiel“ gespielt: Mehrere Kindern bekommen die Augen verbunden und müssen versuchen, nicht die Orientierung zu verlieren, während sie von den anderen immer wieder in eine andere Richtung geschickt oder gedreht werden. Ob sie sich in diesem unsichtbaren Labyrinth zurecht finden?
Um das Spiel zu üben, werden zuerst immer nur einem Kind die Augen verbunden. Später werden mehrere Kinder gleichzeitig auf die Suche geschickt.
Die sehenden Teilnehmer müssen dafür sorgen, dass den „Blinden“ nichts passiert und sie sich nirgendwo stoßen. Gegebenenfalls fungieren sie als stehendes Hindernis.

Enid Blyton

Fünf Freunde im Alten Turm

Ausgabe: • C. Bertelsmann Verlag (Omnibus 20285), 1997. ISBN 3-570-20285-2.

Thema: • Detektive; Schmuggeln

Kriterium: • Klassiker

Kurze Inhaltsangabe: • Die fünf Freunde (vier Kinder und ein Hund) fahren gemeinsam in den Ferien ans Meer. Ein Onkel hat ihnen die Adresse der Familie Hansen gegeben, bei der sie wohnen können. Als sie von der Mutter ihrer neuen Freundin Elli hören, dass in einem alten Turm in der Nähe seltsame Dinge geschehen, gehen sie der Sache nach und entdecken einen Geheimgang, der vom Turm zum Schuppen der Hansens führt.

Ausschnitt (S. 162): »*„Ich suche jetzt Tim!", sagte sie. „Niemand hält mich zurück!" Bevor die Jungen sie noch packen konnten, war sie verschwunden. Julius rief ärgerlich:*
„Georg, sei nicht verrückt! Tim findet zurück! Tu's nicht, du weißt nicht, was dir zustoßen kann!"
„Los, ihr nach!", schrie Richard und kletterte auch zum Fluss hinunter.
„Georg macht nicht kehrt, das weißt du genau! Beeilen wir uns lieber, bevor ein Unglück geschieht!"
Das Herz klopfte Anne bis zum Hals, als sie Julius in die Dunkelheit folgte ... «

Spiel 45: Das Tastspiel

Alter: ab 9 Jahre

Dauer: ungefähr 3 Minuten je Teilnehmer

Material: 2 Schals, eine Stoppuhr

So geht es: Nachdem der Spielleiter den Ausschnitt vorgelesen hat, bekommen zwei Teilnehmern einen Gegenstand gezeigt, der vor ihren Augen irgendwo in den Raum gestellt wird. Dann erhalten sie die Augen verbunden, werden ein paar Mal im Kreis gedreht und müssen tastend den Gegenstand suchen. Die Gruppe steht abseits und verhält sich still, warnt aber bei Gefahr. Mit einer Stoppuhr wird ermittelt, wie lange es dauert, bis der Gegenstand gefunden ist. Sieger ist, wer die kürzeste Zeit benötigt hat. Damit niemand sich stoßen kann, wird für den Notfall ein Stoppzeichen vereinbart.

Variante: Ein Teilnehmer wird auf den Flur geschickt. Dann verstecken die anderen einen Gegenstand im Raum und rufen ihn wieder herein. Sie sagen ihm, wonach er suchen soll. Wenn er den Gegenstand gefunden hat, lässt er ihn liegen, geht raus, kommt wieder herein und sucht nochmals. Diesmal weiß er jedoch, wo er liegt, und tut nur so, als suche er. Gemeinsam wird der Unterschied zwischen echtem Suchen und So-tun-als-ob besprochen, sowohl aus Sicht des Suchenden als auch aus Sicht der Zuschauer.

Rudyard Kipling

Das Dschungelbuch

Ausgabe: • dtv Verlag (dtv Junior 70316),1995. ISBN 3-423-70316-4.

Thema: • Findelkinder; Tiergeschichten

Kriterium: • Klassiker

Kurze Inhaltsangabe: • Mowgli ist ein Junge, der im indischen Dschungel von Wölfen aufgezogen wird. Zunächst wird er von den meisten Tieren geschützt. Im Laufe der Jahre bekommt Mowgli aber immer mehr Feinde. Die Tiere halten ihn für gefährlich und beschließen, dass er zu seiner eigenen Gattung zurückgehen soll. Betrübt macht Mowgli sich auf den Weg zu den Menschen. Doch die halten ihn für ein gefährliches Wolfskind und so kehrt Mowgli in den Dschungel zurück.

Ausschnitt (S. 5/6): » *Gegen sieben Uhr an einem recht schwülen Sommerabend in den Seeonee-Bergen erwachte Vater Wolf, gähnte, reckte sich und streckte die Läufe, einen nach dem anderen, um das Schlafgefühl in den Pfoten loszuwerden. Neben ihm lag Mutter Wolf, die lange graue Nase quer über den vier winselnden und quarrenden Jungen, und von draußen her schien der Mond in die Höhle, in der sie alle hausten.*
„A-ruff", knurrte Vater Wolf, „schon wieder Zeit, auf Jagd zu gehen." Gerade wollte er den Hang hinabsetzen, als am Eingang der Höhle ein kleiner Schatten mit buschiger Rute erschien und winselte: „Glück sei mit dir, Häuptling der Wölfe! Und viel Glück deinen edlen Kindern, weiße, scharfe Zähne sollen ihnen wachsen. Mögen sie nie die Hungernden und Darbenden vergessen in dieser Welt!"
Der Schakal war es – Tabaqui, der SchüsselIecker. Die Wölfe in Indien verachten ihn, weil er Unheil stiftend umherschweift und böse Geschichten erzählt. Ja, er verschlingt sogar alte Lumpen und Lederstücke von den Abfallhaufen der Dörfer. «

Rudyard Kipling: Das Dschungelbuch. Paul List Verlag, München.

Spiel 46: Ein Tier nachahmen

Alter: ab 9 Jahre

Dauer: 45 Minuten

So geht es: Der Spielleiter liest den Ausschnitt vor und spricht mit den Teilnehmern darüber, welche Tiere sie kennen. Diese werden an die Tafel geschrieben. Dann sucht sich jeder ein Tier aus und versucht es sich ganz genau vorzustellen. Wie bewegt es sich? Was für Geräusche macht es? Was und wie frisst es? Wenn jeder sein Tier gut im Kopf hat, sucht er sich einen Platz im Raum und steht ganz still. Auf ein Zeichen des Spielleiters erwachen die Tiere aus dem Schlaf und laufen herum. Dabei begegnen sie anderen Tieren, auf die sie reagieren. Finden sie sich nett? Weichen sie sich aus?
Auf ein neues Zeichen des Spielleiters bleiben alle Tiere stehen und werden wieder Menschen.

Hector Malot

Heimatlos

Ausgabe: • Dressler Verlag, 1996. ISBN 3-7915-3556-0.

Thema: • überleben; Pflegefamilie; Adoption; Geschichte; Musik

Kriterium: • Klassiker

Kurze Inhaltsangabe: • Remi wächst bei den Barberins auf, die er für seine Eltern hält. Bei einem Gespräch zwischen ihnen erfährt er jedoch, dass er ein Findelkind ist. Als Herr Barberin seine Arbeit verliert, vermietet er Remi an den Straßenartisten Vitalis. Zusammen ziehen sie durch Frankreich. Als Remi nach Vitalis´ Tod zu Frau Barberin zurückkehrt und erfährt, dass seine echten Eltern ihn gesucht haben, beschließt er, sich auf die Suche nach ihnen zu machen.

Ausschnitt (S. 55): »*Als wir am andern Morgen unsre Herberge verließen, um uns an den Platz zu begeben, wo die Vorstellung stattfinden sollte, war ich so aufgeregt, dass ich kaum folgen konnte.*

Vitalis führte den Zug an; in soldatischer Haltung, den Kopf zurückgeworfen, schritt er im Takt einher, auf einer metallenen Querpfeife einen Walzer spielend. Ihm folgte Capi, der weiße Pudel, auf dessen Rücken sich Herr Joli-Cœur, der Affe, in englischer Generalsuniform, rotem, mit goldenen Tressen besetztem Rocke, roten Beinkleidern und einem mit einem großen Federbusch verzierten Hute breit machte. Darauf kamen in respektvoller Entfernung die beiden gelehrten Hunde Zerbino und Dolce in einer Reihe und ich beschloss den Zug, der durch die von unserm Herrn bestimmten Zwischenräume einen ziemlich großen Teil der Straße einnahm.«

Spiel 47: Die Talentprozession

Alter: ab 9 Jahre

Dauer: ein Gruppentreffen von 5 Minuten, ein Zweites von 30 Minuten

So geht es: Der Spielleiter liest den Ausschnitt vor. Dann wird eine Talentprozession vorbereitet: Die Teilnehmer sollen mit Hilfe von selbstgebastelten Kostümen und Requisiten sowie entsprechenden Bewegungen ihr Talent darstellen. Die Prozession zieht durch das ganze Gebäude.

Variante 1: Anhand einer Frankreichkarte entwirft jeder Teilnehmer eine Reiseroute, die Remi in sechs Monaten zu Fuß zurücklegen kann.

Variante 2: Der Ausschnitt enthält einige unbekannte Wörter, die im Wörterbuch nachgeschlagen werden sollen. Wer am schnellsten die Bedeutung eines unbekannten Wortes gefunden hat, gewinnt.

Jonathan Swift

Gullivers Reisen

Ausgabe:
- Arena Verlag, 1997. ISBN 3-401-04474-5.

Thema:
- Zwerge; Gegensätze

Kriterium:
- Klassiker

Kurze Inhaltsangabe:
- Gulliver erleidet Schiffbruch und wird am Strand von Lilliput angespült. Das Land wird von Zwergen bewohnt, denen er wegen seiner Größe Angst einjagt. Als er ihnen jedoch hilft, den Krieg gegen die Blefuscudier zu gewinnen, fassen sie Vertrauen zu ihm. Aber dann wird Gulliver zu Unrecht des Hochverrats beschuldigt und flieht. Viele Monate später findet er ein gekentertes Boot, das groß genug ist für ihn, richtet es wieder her und fährt zurück nach Hause.

Ausschnitt (S. 30):

» *In der kleinen Tasche an der rechten Seite fanden sich mehrere flache, runde Stücke aus weißem und rotem Metall von verschiedener Größe. Einige der weißen schienen aus Silber zu sein und waren so schwer, dass wir sie zu zweit kaum zu heben vermochten. In der kleinen Tasche links steckte ein längliches Gerät, bestehend aus zwei unregelmäßigen, schwarzen Holzdeckeln, zwischen denen zwei riesige Stahlplatten klemmten. Um sicherzugehen, dass es sich hierbei nicht um eine staatsgefährdende Waffe handelt, verlangten wir von dem Menschenberg eine Erklärung. Dieser nahm die beiden Stahlplatten aus ihrem Gehäuse und gab an, man rasiere sich mit der einen in seinem Land den Bart, mit der anderen schneide man Fleisch.* «

Spiel 48: Das Riesenbewegungen-Spiel

Alter: ab 9 Jahre

Dauer: je Handlung 3 Minuten

So geht es: Der Ausschnitt wird vorgelesen und die Gruppe stellt sich im Kreis auf. Dann nennt der Spielleiter eine Handlung, die die Teilnehmer darstellen sollen. Auf ein Zeichen wird sie immer größer gemacht. Beispiel: einen Teller Suppe essen. Zuerst werden ein Teller und ein Löffel von normaler Größe dargestellt. Dann wird der Löffel größer und größer, bis er mit zwei Händen festgehalten werden muss. Auch der Teller wird schließlich so groß, dass die Kinder sich sogar auf die Zehenspitzen stellen müssen.
Auf diese Weise werden fünf Handlungen dargestellt. Die Teilnehmer dürfen natürlich auch Vorschläge machen.

Variante: Die Bewegungen können auch immer kleiner werden. Dieses Spiel wird mit dem vorigen kombiniert. Nachdem die Teilnehmer eine sehr große Bewegung gemacht haben, kehren sie langsam zurück zur normalen Größe, um anschließend immer kleinere Bewegungen zu machen.

Carlo Collodi, Roberto Innocenti

Pinocchios Abenteuer

Ausgabe:
- Verlag Sauerländer, 1995. ISBN 3-7941-3055-3.

Thema:
- Angeber; Strafe; lügen; Verwandlung; triezen

Kriterien:
- Klassiker; Gut und Böse werden auf surrealistische und zugleich bemerkenswert moralische Weise dargestellt; Symbolik; Satire menschlicher Untugenden

Kurze Inhaltsangabe:
- Pinocchio ist eine Holzmarionette, die nach vielem Lügen und Betrügen erkennt, dass die Wahrheit ein großes Gut ist. Als Mensch kehrt er zu dem alten Geppetto, der ihn geschnitzt hat, zurück.

Ausschnitt (S. 12):

» *„Hör auf zu lachen!", sagte Geppetto ärgerlich; aber es war, als hätte er gegen eine Wand geredet.*
„Ich sage es noch einmal, hör auf zu lachen!", schrie er mit bedrohlicher Stimme. Da hörte der Mund zu lachen auf, streckte dafür aber die Zunge ganz heraus. Geppetto, der sein Werk nicht aufs Spiel setzen wollte, tat so, als bemerke er nichts und arbeitete weiter. Nach dem Mund machte er das Kinn, dann den Hals, dann die Schultern, die Brust, Arme und Hände.
Kaum hatte er die Hände fertig, spürte Geppetto, wie ihm die Perücke vom Kopf gezogen wurde. Er drehte sich um und was musste er sehen? Er sah seine gelbe Perücke in der Hand der hölzernen Puppe.
„Pinocchio! Gib mir sofort meine Perücke zurück!" «

Mit freundlicher Genehmigung des Verlages Philipp Reclam jun.

Spiel 49: Der Zimmermann und die Marionette

Alter: ab 9 Jahre

Dauer: 20 Minuten

So geht es: Der Spielleiter liest den Ausschnitt vor und erzählt von Pinocchios Streichen. Dann wird die Gruppe in Paare aufgeteilt, die sich jeweils einen Platz im Raum suchen. Kind 1 spielt den Zimmermann, der die Marionette (Kind 2) nach seiner Vorstellung zurecht biegt. Was für eine Marionette macht er wohl? Es darf dabei gesprochen werden. Anschließend führt jedes Paar seine Marionette vor und zeigt, welche Bewegungen sie machen kann.
Danach wechseln die Paare die Rollen und es wird eine andere Marionette geübt.

Variante: Die Paare studieren eine Pantomime ein, wobei das eine Kind dem anderen hinter dessen Rücken einen Streich spielt. Eventuell führt ein dritter Teilnehmer Regie. Nach 15 Minuten wird vorgeführt.

Astrid Lindgren

Ronja Räubertochter

Ausgabe: • Oetinger Verlag, 1998. ISBN 3-7891-2940-2.

Thema: • Räuber, Freundschaft

Kriterium: • Klassiker

Kurze Inhaltsangabe: • Ronja Räubertochter hat genug von dem Streit zwischen ihrer Familie und den Borkaräubern und schließt Freundschaft mit Birk Borkasohn, dem Sohn des befeindeten Räuberhauptmanns. Als sie beschließt, mit Birk in eine Bärenhöhle im Wald zu ziehen, will ihr Vater zuerst nichts mehr von ihr wissen. Doch dann wirft er aus Sehnsucht nach ihr seine Prinzipien über Bord.

Ausschnitt (S. 14/15): » *Räuber waren sie allesamt seit Urzeiten gewesen und der Schrecken aller ehrbaren Leute, die mit Pferd und Wagen voller Lasten durch die tiefen Wälder ziehen mussten, wo die Räuber hausten. „Gott steh dem bei, der durch die Räuberschlucht muss“, pflegten die Leute zu sagen und damit meinten sie den Engpass zwischen dem Borkawald und dem Mattiswald. Dort lagen stets Räuber auf der Lauer. Und ob dies nun Borkaräuber oder Mattisräuber waren, das war gehupft wie gesprungen, das machte für den, der ausgeraubt wurde, keinen Unterschied. Für Mattis und Borka aber machte es einen großen Unterschied. Die beiden Räuberbanden kämpften erbittert um die Beute und beraubten einander dreist, wenn nicht genug Fuhren durch die Räuberschlucht kamen.* «

Spiel 50: Die Beute machen

Alter: ab 9 Jahre

Dauer: 10 Minuten

So geht es: Der Spielleiter liest den Ausschnitt vor. In einem großen leeren Raum stehen sich zwei Räuberbanden gegenüber, die Mattisräuber und die Borkaräuber. Hinter jeder Bande liegt ein Stapel Schätze, den die andere versuchen soll zu stehlen. Zuerst stellen sich die Mattisräuber mit dem Gesicht zur Wand auf. Wenn ihr Hauptmann ruft „Ich seh dich!“, drehen sie sich ganz schnell um und die Borkaräuber bleiben stocksteif stehen. Wer von ihnen sich noch bewegt, scheidet aus. Danach sind die Mattisräuber dran. Die Bande, die als erste die andere Seite erreicht, hat gewonnen.

Variante: In der Mitte des Raums wird eine bekleidete Puppe an einen Besenstiel gehängt. Die Kinder wählen zwei Räuberhauptmänner. Diese müssen nun abwechselnd versuchen, möglichst schnell den Schatz zu finden, der in der Puppe versteckt ist. Mit einer Stoppuhr wird ermittelt, wer der bessere Räuberhauptmann ist. Der „beraubte Bürger“ kann auch von einem Teilnehmer gespielt werden. Dann sollte jedoch vereinbart werden, dass die Räuberhauptmänner vorsichtiger ans Werk gehen.

Mal- und Bastelspiele

Zur Altersstufe der 9- bis 13-Jährigen gehören auch bildhafte Gestaltungsaufträge wie Modelle und Collagen. Die Kinder wollen nicht nur lesen und zuhören, sondern auch sehen. Erst das Sichtbarmachen des Erlebten lässt es sie oft wirklich verstehen.
Alle Kinder wünschen sich, Peter Pans Schatten anfassen zu können, und in Märchenparks suchen sie nach wirklichen Spuren ihrer Helden, von denen Poster oder kleine Figuren mit nach Hause genommen werden. Sie wollen die Schatzkarte aus der „Schatzinsel" irgendwann selbst finden, aber noch lieber fertigen sie eine eigene an. Zeichnen ist eine Beschäftigung, die Verstand und Gefühl gleichermaßen anspricht. Die Wirklichkeit kann dabei vielerlei Formen annehmen, sogar die eines Comic-Strips. Alle Arten der Gestaltung, die die Kinder beherrschen, werden nun eingesetzt.

Buch:	Mal- und Bastelspiel:
• **Der geheime Garten** *(Frances H. Burnett)*	• **Der Geheimplatz**
• **Peter Pan** *(James Matthew Barrie)*	• **Die Gedankenkarten** • **Silhouetten zeichnen und ausschneiden** • **Bewegungsspiel**
• **Die Schatzinsel** *(Robert Louis Stevenson)*	• **Die Schatzkarte**
• **Don Quijote** *(Miguel de Cervantes)*	• **Das Haus voller Bücher**
• **Die wundersame Reise der kleinen Sofie** *(Els Pelgrom, The Tjong Khing)*	• **Das Kartenspiel von Glück und Unglück**
• **Die Werkstatt der Schmetterlinge** *(Gioconda Belli, Wolf Erlbruch)*	• **Dem Tier einen neuen Namen geben** • **Die Erfinder** • **Tausend Schmetterlinge**
• **Alice im Wunderland** *(Lewis Carroll)*	• **Der kilometerlange Schacht**

Frances H. Burnett

Der geheime Garten

Ausgabe: • dtv Verlag (dtv Junior 7317), 1998. ISBN 3-423-07317-9.

Thema: • elternlose Kinder; Pflegefamilien; Einzelkind sein

Kriterien: • geheimnisvoll; romantisch

Kurze Inhaltsangabe: • Nach dem Tod ihrer Eltern zieht Mary Lennox zu ihrem Onkel. Als sie aus Langeweile die schönen Ziergärten erkundet, die zu dem großen Landhaus gehören, zeigt ihr ein Rotkehlchen den Eingang zu einem geheimen Garten. Als Mary nachts auch noch meint, in einem der Zimmer ein Kind weinen zu hören, wird sie neugierig ...

Ausschnitt (S. 49/50): » *„Das ist der Garten“, sagte sie. „Ich bin sicher, dass er es ist.“*
Sie ging umher und betrachtete sorgfältig die Mauer zwischen dem Obstgarten und dem anderen, dem unbekannten Garten. Aber es gab kein Tor in dieser Mauer. Dann rannte sie wieder durch die Gemüsegärten zurück und befand sich nun wieder außerhalb der langen, efeubewachsenen Mauer, welche die Gärten umschloss. Sie ging bis zum Ende und prüfte sorgfältig. Aber auch da war kein Tor zu sehen.
Das ist sehr seltsam, dachte sie. Ben Weatherstaff behauptete, es gäbe kein Tor, und es ist ja auch tatsächlich keins da. Aber vor zehn Jahren muss es doch ein Tor gegeben haben, weil ja Mr. Craven den Schlüssel vergraben hat. Über diese Sache musste sie viel nachdenken. Es interessierte sie so sehr, dass es ihr nicht mehr Leid tat, nach Misselthwaite gekommen zu sein. «

aus: Frances H. Burnett. Der geheime Garten

Spiel 51: Der Geheimplatz

Alter: ab 9 Jahre

Dauer: 30 Minuten

So geht es: Der Spielleiter liest den Ausschnitt vor und führt mit den Teilnehmern ein Gespräch über Geheimplätze. Wer hat auch so einen Platz, an dem er Sachen versteckt, die keiner finden soll? Was ist ein gutes Versteck? Welche Voraussetzungen muss es erfüllen? Dann erzählen der Spielleiter und die Kinder reihum von ihren Geheimplätzen. Verstecke, die noch in Gebrauch sind, werden natürlich nicht verraten! Anschließend sucht sich jeder einen Geheimplatz inner- oder außerhalb des Raums und gemeinsam wird besprochen, warum gerade dieser gewählt wurde. Was ist daran so gut?

Variante: Der geheime Garten ist ein sehr schöner und besonderer Garten. Die Gruppe soll malen, wie sie sich ihn vorstellt. Zur Einstimmung kann das Kapitel „Robin zeigt den Weg“ vorgelesen werden, in dem erzählt wird, wie Mary zum ersten Mal in den Garten kommt.

James Matthew Barrie

Peter Pan

Ausgabe: • Arena Verlag, 1998. ISBN 3-401-04499-0.

Thema: • in der Fantasiewelt von Nimmerland immer ein wenig Kind bleiben

Kriterien: • Klassiker; wunderschön beschriebene Fantasien; humorvoll

Kurze Inhaltsangabe: • Eines Abends nimmt Peter Pan die Kinder der Familie Darling mit nach Nimmerland, wo Wendy, die Älteste, zur Mutter der „Verlorenen Jungen“ gemacht wird. Sie erleben viele Abenteuer mit Kapitän Hook und dem Krokodil, mit Tiger Lily und den Indianern und mit dem arroganten Peter Pan, der immer nur an sich selbst denkt. Als Wendy, Jan und Michel schließlich zu ihren Eltern zurückkehren, werden sie selbst langweilige Erwachsene, doch Peter Pan besucht sie weiterhin. Und Wendys Tochter und deren Tochter ...

Ausschnitt 1 (S. 14/15): » *Wenn du dann am Morgen aufwachst, sind die Ungezogenheiten und schlechten Angewohnheiten, mit denen du zu Bett gegangen bist, fein säuberlich zusammengefaltet und ganz unten in deinem Kopf verstaut. Obenauf, bestens gelüftet, liegen deine guten Gedanken und warten darauf, dass du sie benutzt.*
Ich weiß nicht, ob du jemals eine Karte vom Kopf eines Menschen gesehen hast. Manchmal machen die Doktoren Karten von deinen anderen Körperteilen und deine eigene Karte kann äußerst interessant sein. Sollten sie allerdings versuchen, eine Karte vom Kopf und den Gedanken eines Kindes zu zeichnen, haben sie Pech gehabt. In so einem Kinderkopf ist nämlich nicht nur alles ziemlich durcheinander, die Gedanken verändern sich auch noch ununterbrochen. Das sieht dann aus wie Zickzacklinien, genau wie auf einer Fieberkurve, und wahrscheinlich sind das die Straßen auf der Insel – denn das Nimmerland ist immer mehr oder weniger eine Insel. «

Spiel 52: Die Gedankenkarten

Alter: ab 9 Jahre

Dauer: 60 Minuten

So geht es: Der Spielleiter erzählt die Geschichte von Peter Pan und liest den Ausschnitt vor. Jeder Teilnehmer hat fünf leere Blätter von der Größe einer Postkarte vor sich. Die Aufgabe lautet: Macht eure Gedanken als gemaltes Bild oder als Collage sichtbar. Am Ende werden die fertigen Karten in die Mitte gelegt und das „Gedankenlesen“ beginnt. Ob alle erkennen, wer welche Karten gemacht hat?

Ausschnitt 2 (S. 22): » *Sie kehrte ins Kinderzimmer zurück und sah, dass Nana etwas in der Schnauze hatte, was sich als der Schatten des Jungen herausstellte. Als der Junge zum Fenster sprang, hatte Nana es schnell geschlossen, zwar zu spät, um ihn zu schnappen,* *doch sein Schatten hatte es nicht mehr hinausgeschafft. Das Fenster schlug zu und trennte den Schatten ab.* ‹‹

Spiel 53: Silhouetten zeichnen und ausschneiden

Alter: ab 12 Jahre

Dauer: zwei Gruppentreffen

So geht es: Auf der Flucht vor dem Hund Nana und Frau Darling hakt sich Peter Pans Schatten fest. Paarweise malen die Teilnehmer lebensgroße Silhouetten: Der eine legt sich auf zwei aneinander geklebte Tapetenbahnen auf den Boden, sodass es aussieht, als wolle er wegfliegen. Der andere zeichnet die Umrisse nach. Anschließend wird gewechselt. Danach malen beide ihre Schatten aus. Wenn der „Schatten" fertig ist, wird er zusammen mit den anderen an die Wand gehängt.
Besonders schön ist es natürlich, wenn direkt an der Wand gearbeitet werden darf. In dem Fall wird zuerst die Tapete angeklebt. Danach stellt sich der eine in Fluchthaltung an die Wand und der andere zieht mit einem Stift seine Konturen nach. Danach wird ausgemalt.
Tipp: Das Nachziehen der Umrisse ist leichter, wenn nah an der Wand eine zusätzliche Lichtquelle angebracht wird.

Ausschnitt 3 (S. 62): ›› *Er konnte in der Luft schlafen, ohne abzustürzen, indem er nur auf dem Rücken lag und sich treiben ließ. Aber das lag – zumindest zum Teil – daran, dass er so leicht war, ja, wenn man sich hinter ihm befand und pustete, glitt er bereits schneller dahin. „Sei doch etwas netter zu ihm", flüsterte Wendy John zu, als sie Jeder-macht-mir-alles-nach spielten.* ‹‹

Spiel 54: Bewegungsspiel

Alter: ab 9 Jahre

Dauer: 15 Minuten

So geht es: Der Spielleiter erklärt, dass Peter Pan beim Fliegen allerlei Kunststücke aufführt, die nachgemacht werden.
Die Gruppe wird in Paare eingeteilt, die sich zur Musik durch den Raum bewegen sollen. Kind 1 macht Bewegungen vor (z.B. so tun, als ob es mal hoch, mal niedrig über den Boden fliegt) und Kind 2 macht sie nach. Nachdem sich ein Paar auf diese Weise (etwa zehn Meter) durch den Raum bewegt hat, wird gewechselt. Nun macht Kind 2 Bewegungen vor und Kind 1 macht sie nach. Es können aber auch ganz neue Paare gebildet werden, sodass jeder auch Bewegungen anderer Kinder kennen lernt.
Bei der Auswahl der Musik sollte darauf geachtet werden, dass die Teilnehmer genügend Impulse für neue Bewegungen erhalten.
Filmmusik eignet sich zum Beispiel besonders gut.

Robert Louis Stevenson

Die Schatzinsel

Ausgabe: • Ravensburger Verlag (RTB 2056), 1997. ISBN 3-473-52056-X.

Thema: • Piraten; Schätze

Kriterien: • Klassiker; schöne Geschichte

Kurze Inhaltsangabe: • Als der Seeräuber Bill in der Herberge von Jim und seiner Mutter stirbt, hinterlässt er ihnen eine Seemannskiste mit einer Karte von Flints Schatz. Jim heuert auf einem Schiff an, um ihn zu suchen. Doch auch einige „Matrosen" haben es auf den Schatz abgesehen ...

Ausschnitt (S. 55–57): » *Hoher Baum, Fernrohrabhang, weist auf einen Punkt Nordnordost zu Nord.*
Skelettinsel Ostsüdost und bei Ost.
Zehn Fuß.
Das Barrensilber ist im nördlichen Versteck; man findet es am Abhang des östlichen Hügels, zehn Faden südlich der schwarzen Klippe, mit dem Gesicht ihr zugekehrt. Die Waffen sind leicht zu finden in dem Sandhügel Nordspitze des Kaps an der Nordeinfahrt, östliche Richtung und ein Viertel Nord. J.F. «

Spiel 55: Die Schatzkarte

Alter: ab 10 Jahre

Dauer: ein Treffen von 45 Minuten, ein zweites von 15 Minuten

So geht es: Der Spielleiter liest den Ausschnitt vor. In Dreier- oder Vierergruppen überlegen sich die Teilnehmer ein gutes Versteck für ihren Schatz, das innerhalb von ungefähr 15 Minuten gefunden werden kann. Dann fertigt jede Gruppe eine Karte an, die den Schatzsuchern helfen soll.
Beim nächsten Gruppentreffen sind alle Karten fertig und die Schätze werden gesucht.

Don Quijote

Ausgabe: • dtv Verlag (12351), 1998. ISBN 3-423-12351-6.

Thema: • Angeber

Kriterien: • Klassiker; lustig

Kurze Inhaltsangabe: • Herr Quixada hat sämtliche Ritterromane gelesen und beschließt, selbst ein herumirrender Ritter zu werden. In Begleitung seines Knappen Sancho Pansa zieht er mit einer alten Rüstung und einem klapperdürren Pferd als Ritter Don Quijote durch die Lande, um (in einer Zeit, in der es längst keine Ritter mehr gibt) das Böse in der Welt zu besiegen. Seine Kusine und seine Haushälterin flehen den Pastor an, Herrn Quixada wieder nach Hause zu holen. Durch eine List bewegt dieser den verwirrten alten Mann schließlich, von seinem Vorhaben abzulassen.

Ausschnitt (S. 21/22): » *Man muss nun wissen, dass dieser obbesagte Junker alle Stunden, wo er müßig war – und es waren die meisten des Jahres –, sich dem Lesen von Ritterbüchern hingab, mit so viel Neigung und Vergnügen, dass er fast ganz und gar die Übung der Jagd und selbst die Verwaltung seines Vermögens vergaß; und so weit ging darin seine Wissbegierde und törichte Leidenschaft, dass er viele Morgen Ackerfeld verkaufte, um Ritterbücher zum Lesen anzuschaffen; und so brachte er so viele ins Haus, als er ihrer nur bekommen konnte.* «

Spiel 56: Das Haus voller Bücher

Alter: ab 9 Jahre

Dauer: 30 Minuten

So geht es: Der Spielleiter liest den Ausschnitt vor und stellt die Aufgabe, ein Haus voller Bücher zu malen. Die Kinder sollen sich ein Haus vorstellen, in und an dem man überall Bücher findet. Es kann auch ruhig übertrieben voll sein, vielleicht sogar überquellen.

Variante 1: Die Teilnehmer kleben ein Haus aus Büchern. Dazu schneiden sie aus Zeitschriften oder Katalogen Bücher aus und kleben sie zu einer „Bücherhaus-Collage“.

Variante 2: Paarweise bauen die Kinder ein Haus aus Büchern und fotografieren es. Danach werden alle Fotos im Gruppenraum aufgehängt.

Die wundersame Reise der kleinen Sofie

Ausgabe: • Oetinger Verlag, 1994. ISBN 3-7891-1588-6.

Thema: • Tod; Gesellschaftskritik; Träume; Kinderheime

Kriterien: • niederländischer Jugendbuchpreis „Silberner Griffel"; Deutscher Jugendliteraturpreis Kinderbuch; ergreifende Geschichte; wunderschön beschrieben und gemalt; außergewöhnliche Bearbeitung des Themas Sterben

Kurze Inhaltsangabe: • Sofie ist ein kleines Mädchen, das schwer krank in seinem Zimmer liegt. Manchmal besucht sie ein arbeitsloser Lehrer, um ihre vielen Fragen über das Leben zu beantworten. Eines Abends werden ihre Puppen lebendig und führen, wie in einem Fiebertraum, das Theaterstück „Was das Leben zu bieten hat" auf, in dem Sofie eine Hauptrolle spielt. Mit ihren Lieblingspuppen Bär, Langer Lappen, Annabella und der Katze Terror erlebt sie die seltsamsten Abenteuer, bis sie schließlich stirbt.

Ausschnitt (S. 51): ❞ *„Sie sehen hier die Waagschale des Lebens", rief der Direktor. „Die Waage ist immer im Gleichgewicht. Wer aus der einen Schale etwas nimmt oder bekommt, muss sich auch aus der anderen Schale bedienen. So ist das schon seit Hunderten und Aberhunderten von Jahren. Jahrein, jahraus. Tagein, tagaus.*

Passen Sie jetzt alle gut auf! Denn glauben Sie ja nicht, dass sie selbst viel darüber bestimmen können. Nein, so ist das nicht. Schauen Sie, wir nehmen eine tüchtige Portion Elend aus dieser Schale hier ..."

Er hob ein Plakat hoch, das an einem langen Stock befestigt war. Darauf war eine grauenhafte Szene abgebildet: ein Haus in Flammen, Menschen, die einander mit Messern totstachen, ein Kind mit vor Hunger eingefallenen Augen.

„Sehen Sie, eine tüchtige Portion Elend und Unglück für die Menschen, ja, ja ..." sagte der Direktor. „Das könnte unsere Waage ganz schön aus dem Gleichgewicht bringen. Aber schauen Sie ..." Und er hob noch ein Bild hoch. Sie sahen ein schönes Land, wo das reife Korn schon in Garben auf den Feldern stand, eine Kathedrale, die erst zur Hälfte erbaut war, Arbeiter schleppten Steine und Balken, und im Vordergrund war ein Mann zu sehen, der eine Serviette um den Hals gebunden hatte und sich an einer reichen Mahlzeit labte. ❝

Spiel 57: Das Kartenspiel von Glück und Unglück

Alter: ab 9 Jahre

Dauer: mehrere mehrstündige Gruppentreffen

Material: Karton, Scheren, Bilder aus Zeitschriften, Kleber, Malstifte

So geht es: Der Spielleiter liest den Ausschnitt vor und erzählt, dass Sofie von dem Direktor aufgefordert wird, mitzuspielen. Zuerst wählt sie etwas Glück für Langer Lappen (eine schöne Jacke), muss dann aber für sich selbst vom Unglück nehmen. Ihr fallen die Haare aus und sie wird kahl.
Jeder Teilnehmer malt oder klebt zwei Karten für das Spiel, ein Glücksbild und ein Unglücksbild. Wenn nach mehreren Treffen alle Karten fertig sind, werden sie umgekehrt auf zwei Schalen verteilt oder wie ein Kartenspiel gemischt und (ebenfalls verkehrt herum) auf zwei Stapel gelegt, einen Glücksstapel und einen Unglücksstapel. Auf die Rückseite der Karten oder unter jedes Bild können Begriffe geschrieben werden, die die Abbildung in einem Wort zusammenfassen. Der Spielleiter hat während des Malens bereits Nuancen angebracht (z.B. toll, ganz toll, schrecklich oder ganz schrecklich).
Welche Karte zieht jeder Teilnehmer wohl für sich aus der Waagschale des Lebens?

Variante: Die Karte, die ein Teilnehmer gezogen hat, bildet den Ausgangspunkt für einen kurzen Sketsch, den mehrere Kinder gemeinsam proben. Er soll aus zwei Szenen bestehen und „aus dem Leben gegriffen" sein. Der Spielleiter ist der „Herrscher" über Glück und Unglück.
Das Buch von der kleinen Sofie enthält zahllose solcher Spielmomente, die auch als Rahmenerzählungen ausgearbeitet werden können.

Gioconda Belli, Wolf Erlbruch

Die Werkstatt der Schmetterlinge

Ausgabe: • Peter Hammer Verlag, 1996. ISBN 3-87294-607-2.

Thema: • ein neues Tier erfinden; etwas Neues schaffen

Kriterien: • Geschichte und Bilder bilden eine Einheit; universelles und schön ausgearbeitetes Thema

Kurze Inhaltsangabe: • Rodolfo, einer der Gestalter Aller Dinge, sucht dringend etwas, das er erschaffen könnte: das fliegt wie ein Vogel und schön ist wie ein Blume. Seine engsten Mitarbeiter, die ebenfalls Gestalter Aller Dinge sind, raten ihm, nichts Unmögliches zu wollen. Doch Rodolfo gibt nicht auf und entdeckt durch die Natur ein neues Tier: den Schmetterling.

Ausschnitt 1 (S. 10): » *Eines Abends rannte Rodolfo erschreckt aus der Werkstatt. Er hatte einer kleinen Maus, die gerade vorbeigehuscht war, ein paar dünne Häute auf den Rücken gesetzt und ganz ohne Absicht ein unheimliches Tier geschaffen: die Fledermaus.* «

Spiel 58: Dem Tier einen neuen Namen geben

Alter: ab 9 Jahre

Dauer: 5 Minuten

So geht es: Dieses Spiel ist nur eine kurze Fantasieübung. Rodolfo fügt einem existierenden Tier einen Aspekt hinzu: Eine Maus erhält Flügel und wird eine Fledermaus. Diese Übung kann mehrere Tage lang wiederholt werden, damit die Kinder lernen, sich Tiere auszudenken, die es nicht gibt. Jedes Mal lautet die Aufgabe: Verändert ein bestehendes Tier so, dass es sich auf andere Weise fortbewegen kann. Beispiel: Ein Fliegender Fisch wird ein Gehfisch, ein Windhund bekommt Schwimmhäute und wird ein Wellenhund, ein Tausendfüßler wird ein Tausendflügler usw.

Ausschnitt 2 (S. 35): » *Dann kamen die Erfinder der Katzentiere. Sie hatten schrägstehende Augen und bewegten sich leise und geschmeidig. Die Erfinder der Hunde waren jung und übermütig. Von ihrer Arbeit waren auch ihnen Schwänze gewachsen, mit denen sie aufgeregt wedelten. Die Gestalter der Meerestiere waren vollkommen durchsichtig. Auf dem Kopf trugen sie Mützen aus silbernen Schuppen, die im Sonnenlicht glänzten wie Diamanten.* «

Spiel 59: Die Erfinder

Alter: ab 9 Jahre

Dauer: mehrere Gruppentreffen

Material: Malpapier und Stifte

So geht es: Bei diesem Spiel sollen die Kinder malen, wie sie sich die Erfinder eines bestimmten Tieres vorstellen. Um sie auf Ideen zu bringen, liest der Spielleiter zuerst den Ausschnitt auf S. 35 vor. Wenn alle Bilder nach mehreren Gruppentreffen fertig sind, werden sie ausgestellt.

Ausschnitt 3 (S. 38): »*Als schließlich die Weise Alte ihren Sitz einnahm, breitete sich eine tiefe Stille aus. Rodolfo bat, die Fenster schließen zu dürfen. Seine Freunde stellten sich mit den Glaskästen vor die Versammlung, und auf ein Zeichen Rodolfos lüfteten sie die Schleier.*

Eine riesige Wolke von bunten Schmetterlingen flog auf und füllte die Luft mit roten, blauen, gelben, violetten, grünen und weißen Flügelschlägen. Im Fliegen bildeten sie fast einen wirklichen Regenbogen, der sich über den Köpfen der Anwesenden wölbte.«

---

alle Ausschnitte aus: Belli/Erlbruch, Werkstatt der Schmetterlinge. Peter Hammer Verlag Wuppertal, 1994

Spiel 60: Tausend Schmetterlinge

Alter: ab 9 Jahre

Dauer: ein bis mehrere Treffen

Material: Malpapier und Stifte

So geht es: Auch dies ist ein Malaufgabe. Rodolfo hat mindestens tausend Schmetterlinge geschaffen und jeder sieht anders aus.

Die Kinder sollen mehrere Schmetterlinge malen, die alle verschieden aussehen. Für jeden wählen sie eine andere Farbkombination. Gegebenenfalls leiht der Spielleiter bei einem Schmetterlingssammlerverein eine Vitrine mit präparierten Exemplaren aus. Echte Sammler haben natürlich eine eigene Schmetterlingssammlung zu Hause.

Diese Aufgabe kann auch als Collage ausgeführt werden.

Lewis Carroll

Alice im Wunderland

Ausgabe:
- Arena Verlag, 1998. ISBN 3-401-04575-X.

Thema:
- Fantasiewelt; Gegensätze; Erziehung; Verwandlungen

Kriterien:
- Klassiker; die Sprache ist in diesem Buch ein Mittel, mit dem umzugehen man verstehen muss; wunderschöne Bearbeitung des Themas Aufwachsen und Erzogen-Werden

Kurze Inhaltsangabe:
- Durch ein Kaninchenloch gerät Alice in eine wundersame Welt, in der sie seltsamen Wesen begegnet wie dem Schnapphasen, dem Weißen Kaninchen und der Herzkönigin aus dem Kartenspiel. Alice wird ständig in Probleme verwickelt, die sie aber immer löst. Mal wird sie ganz lang, mal schrumpft sie zusammen, dann dehnt sie sich wieder aus, bis sie am Ende wieder aus dem Wunderland herausfällt.

Ausschnitt (S. 9):

» *Der Kaninchenbau führte anfangs wie ein Tunnel geradeaus, senkte sich dann aber so plötzlich in die Tiefe, dass Alice keinen Halt mehr fand und in einen senkrechten Schacht fiel.*
Entweder war der Schacht unergründlich tief oder sie fiel sehr langsam, jedenfalls hatte sie genug zeit Umschau zu halten und sich auf die kommenden Ereignisse gefasst zu machen. Zuerst spähte sie in die Tiefe, um zu erkennen, was ihr unten bevorstand, aber dort war nichts als Finsternis. Dann betrachtete sie die Wände des Schachtes und stellte fest, dass sie aus Schränken und Regalen bestanden, da und dort mit Landkarten und Bildern behangen. «

Spiel 61: Der kilometerlange Schacht

Alter: ab 9 Jahre

Dauer: zwei Gruppentreffen

So geht es: Der Spielleiter liest den Ausschnitt vor und erzählt, dass man im Traum durchaus durch einen kilometerlangen Schacht mit Schränken und Regalen fallen kann. Die Kinder sollen malen, was sie dabei so alles in dem Regal liegen oder stehen sehen könnten. Die fertigen Blätter werden untereinander oder (in einem langen Gang) nebeneinander aufgehängt, sodass sie aussehen wie ein senkrechter oder waagerechter Schacht mit ganz vielen Dingen an den Wänden. Eventuell wird vereinbart, dass alle mit den gleichen Farben malen, damit ein einheitliches Bild entsteht. Der Spielleiter kann auch alle Bilder aneinander heften, aufrollen und sie den Teilnehmern zeigen, indem er sie wie eine Rolle Klopapier abrollt.

Variante: „Alice im Wunderland" bietet zahllose Spielmöglichkeiten. Zu jedem Kapitel kann man sich etwas Neues einfallen lassen. Als Schreibspiel kann die Mausgeschichte auf S. 37 zum Beispiel in Form eines Mäuseschwanzes aufgeschrieben werden.

Altersstufe 13 – 17 Jahre

Wenn Kinder in die Pubertät kommen, vollzieht sich ein Drama: Sie betreten ein Niemandsland, in dem sie sich zunächst nur mit Mühe zurechtfinden. Ihr Körper ist in Aufruhr, ihrem Geist eröffnet sich ein unendlich scheinendes Universum. Unruhig und atemlos fühlen sie sich wie in einem Wartezimmer, harrend der Dinge, die da kommen werden.

In diesem Alter fühlen Jugendliche sich häufig unsicher, unverstanden und einsam, um dann von einer Sekunde zur anderen vor Selbstbewusstsein zu strotzen, alles schön zu finden, was verboten ist, und zusammen mit Altersgenossen ihre Grenzen auszuloten.

Die Vielfalt der Themen sorgt bei Jungen wie Mädchen oft für totale Verwirrung. Schienen sie sich soeben noch für das Elend in der Welt zu interessieren, so haben sie im nächsten Moment nur Augen für den neuesten Modetrend. Ein Buch zu lesen birgt die Gefahr, von Kameraden oder Freundinnen gehänselt zu werden, aber wer sich stark genug fühlt, sagt auch deutlich, was er denkt.

Ausschnitte aus Büchern über Krieg, Rassismus, Inzest, Homosexualität oder Telepathie können bei diesen Jugendlichen jedoch reges Interesse wecken und entfachen dann oft heftige, und vor allem emotionale, Diskussionen.

Sprechspiele

Dies ist das Alter, in dem man mit Jugendlichen gut das Diskutieren üben kann. 13- bis 17-Jährige sollten in der Lage sein, in und außerhalb der Schule etwas gegen gefestigte Meinungen vorzubringen und zwar möglichst keine leeren Behauptungen, sondern fundierte Argumente. Sie müssen aber auch anderen zuhören können, deren Standpunkt respektieren und wissen, dass jede Äußerung verletzen kann.
All dies will gelernt sein. Daher empfiehlt es sich, möglichst oft Gruppengespräche zu führen. Jedes Thema kann als Übungsstoff dienen, sei es aus der Wirklichkeit oder der Fantasie gegriffen. Für jedes Gespräch gelten jedoch dieselben Kriterien: Lässt man den anderen ausreden? Ist man zu verstehen? Welche Argumente werden vorgebracht? Gibt man dem anderen schnell Recht? Lässt man auch andere zu Wort kommen? Glaubt man das, was andere sagen, usw.?

Buch:

- **Onkel Toms Hütte** *(Harriet Beecher-Stowe)*
- **Der letzte Mohikaner** *(James Fenimore Cooper)*
- **Sofies Welt** *(Jostein Gaarder)*
- **Die Wolke** *(Gudrun Pausewang)*

Sprechspiel:

- **Das Verkaufsgespräch**
- **Die Entgegnung**
- **Fantasieren**
- **Die Kampagne**

Harriet Beecher-Stowe

Onkel Toms Hütte

Ausgabe: • Ravensburger Verlag (RTB 2034), 1996. ISBN 3-473-52034-9.

Thema: • Geschichte; Rassismus; Sklaverei

Kriterien: • Klassiker; wichtiges Buch, das auf wahren Begebenheiten beruht

Kurze Inhaltsangabe: • Herr Shelby hat Geldprobleme und muss seinem Schuldner, Herrn Haley, ein paar seiner Sklaven verkaufen: Onkel Tom und Eliza. Doch Eliza kann den Gedanken, von ihrem Kind getrennt zu werden, nicht ertragen und flieht mit ihm nach Kanada. Tom hat Glück: Er kommt zu einem guten Herrn, mit dessen Tochter Eva er sich anfreundet. Doch als Eva erkrankt und stirbt, wird Tom wieder verkauft, diesmal an einen echten Sklaventreiber. Als er Cassy und Emmeline zur Flucht verhilft, wird er von seinem neuen Besitzer erschlagen. Cassy und Emmeline jedoch erreichen Kanada und können in Freiheit leben.

Ausschnitt (S. 144/145): »*Haley hatte sich nach vorn gearbeitet, sperrte John den Mund auf und sah hinein, befühlte seine Zähne, ließ ihn aufstehen und sich geradestrecken, den Rücken biegen und verschiedene Bewegungen machen, die seine Muskeln zeigten. Dann ging er zu dem Nächsten und machte mit ihm das Gleiche. Zuletzt besah er sich den Knaben, befühlte seine Arme, hob seine Hände gerade, besah sich die Finger und ließ ihn springen.*«

Übersetzung: Beatrix Dudensing-Reichel

Spiel 62: Das Verkaufsgespräch

Alter: ab 13 Jahre

Dauer: 50 Minuten

So geht es: Der Spielleiter liest den Ausschnitt vor. Durch Los wird jedem Teilnehmer eine Person zugeteilt, die er verkaufen muss. Der „Verkäufer" hat eine Minute Zeit, sich besonders vorteilhafte Eigenschaften seiner „Ware" zu überlegen. Die Gruppe ist der potenzielle Käufer und darf mit dem Verkäufer verhandeln.
Jedes Verkaufsgespräch endet mit einer Entscheidung, die Ware entweder zu kaufen oder nicht. Nachdem jeder einmal Verkäufer und einmal Ware war, gibt es eine Nachbesprechung: Wie ist es, einen Menschen als Ware zu behandeln? Wie fühlt sich ein Mensch, der als Ware behandelt wird?

Variante: Jeder Teilnehmer soll ein paar negative und positive Charaktereigenschaften von sich aufschreiben, allerdings ohne seinen Namen zu erwähnen. Der Spielleiter liest die Beschreibungen vor und die Gruppe muss raten, um welche Person es sich handelt.

Der letzte Mohikaner

Ausgabe: • Loewe Verlag, 1993. ISBN 3-7855-2613-X.

Thema: • Indianer; Naturreligionen

Kriterium: • Klassiker

Kurze Inhaltsangabe: • Oberst Munro kämpft an der Seite der Engländer um die Kolonien in Nordamerika. Als England den Krieg zu verlieren droht, schickt Munro nach seinen Töchtern, um sie noch einmal zu sehen. Sie werden von den Mohikanern beschützt, doch dem Indianer „Schlauer Fuchs" gelingt es, sie zu entführen. Durch eine List wissen sie jedoch zu entkommen und es entbrennt ein erbitterter Streit, den Schlauer Fuchs verliert. Aber ein Kampf, bei dem es viele Tote gab, kennt keinen Sieger.

Ausschnitt (S. 347): » *„Warum trauern meine Brüder?", sprach er, auf die dunklen Krieger schauend, die mit niedergeschlagener Miene um ihn standen: „Warum weinen meine Töchter? Weil ein junger Krieger nach den glücklichen Jagdgefilden gegangen ist, weil ein Häuptling seine Zeit mit Ehren erfüllt hat? Er war gut; er war pflichttreu; er war tapfer. Wer kann es leugnen? Manitu hatte einen solchen Krieger nötig und er hat ihn abgerufen. Was mich betrifft, den Sohn und den Vater eines Uncas, so bin ich eine abgeschälte Fichte in einer Lichtung der Blassgesichter. Mein Geschlecht ist geschieden von den Gestaden des Salzsees und von den Bergen der Delawaren. Aber wer kann sagen, dass die Schlange seines Stammes ihre Weisheit vergessen hat? Ich bin allein –"* «

Spiel 63: Die Entgegnung

Alter: ab 13 Jahre

Dauer: 60 Minuten

So geht es: Der Spielleiter liest den Ausschnitt vor. In Vierergruppen überlegen sich die Teilnehmer eine Situation, in der jemand zu Recht und zu Unrecht beschuldigt wird und sich verteidigt. Vorher wird bestimmt, ob der Beschuldigte schuldig oder unschuldig ist. Beispiel: „Du hast dir einen Pullover von mir geliehen und nicht zurückgegeben." Entgegnung (schuldig): „Ich habe dir deinen Pullover deswegen nicht zurückgegeben, weil du mich in letzter Zeit nicht mehr anrufst und ich so deine Aufmerksamkeit erregen wollte." Entgegnung (unschuldig): „Wie kommst du denn darauf? Welchen Pullover denn? Und wann soll ich ihn denn wohl geliehen haben?" Der andere überlegt sich dazu wieder ein Gegenargument. Am Ende spielen zwei Teilnehmer aus jeder Gruppe vor.

Variante: In einer Zweiergruppe spielt jeder einmal den Ankläger und einmal den Beschuldigten. So wird deutlich, wie es ist jemanden zu beschuldigen und beschuldigt zu werden und wie anders ein und dieselbe Situation verlaufen kann.

Jostein Gaarder

Sofies Welt

Ausgabe: • dtv Verlag (12555), 1998. ISBN 3-423-12555-1.

Thema: • Die Geschichte der Philosophie

Kriterien: • Ein Roman, der Philosophie verständlich beschreibt, ist einzigartig. Ein potenzieller Klassiker?

Kurze Inhaltsangabe: • In diesem Kriminal- und Abenteuerroman werden die großen Geheimnisse der Philosophie aufgedeckt. Sofie korrespondiert mit einem geheimnisvollen Briefeschreiber über alles, was mit Philosophie zu tun hat. Viele ihrer Fragen werfen wieder neue Fragen auf, und so lernt Sofie philosophieren.

Ausschnitt (S. 124/125): ❞ *„Was ist der Unterschied zwischen einer Pflanze, einem Tier und einem Menschen?“ Sofie sah sofort ein, dass es hier ziemlich klare Unterschiede gab. Sie glaubte zum Beispiel nicht, dass eine Pflanze ein besonders kompliziertes Seelenleben hatte. Wann hatte sie je von einer Glockenblume mit Liebeskummer gehört? Eine Pflanze wächst, sie nimmt Nahrung auf und produziert kleine Samenkörner, durch die sie sich vermehrt. Und damit ist wohl das meiste über das Wesen der Pflanzen gesagt. Sofie überlegte sich, dass alles, was sie über die Pflanzen gesagt hatte, doch wohl auch für Tiere und Menschen galt. Aber die Tiere hatten außerdem noch andere Eigenschaften. Sie konnten sich zum Beispiel bewegen (wann hätte je eine Rose an einem 60-Meter-Lauf teilgenommen?). Es war schon schwieriger, den Unterschied zwischen einem Menschen und einem Tier aufzuzeigen. Menschen konnten denken, aber das konnten Tiere doch auch? Sofie war davon überzeugt, dass ihre Katze Sherekan denken konnte.* ❝

Jostein Gaarder, Sofies Welt
Aus dem Norwegischen von Gabriele Haefs © 1993 Carl Hanser Verlag, München – Wien

Spiel 64: Fantasieren

Alter: ab 13 Jahre

Dauer: jeden Tag 15 Minuten

So geht es: Der Spielleiter liest den Ausschnitt vor und fragt die Teilnehmer, was der Unterschied ist zwischen einem Menschen, einem Tier und einer Pflanze. Über die verschiedenen Ansichten entsteht ein Gruppengespräch.
Anfangs wird der Spielleiter noch viele Fragen stellen müssen, vor allem wenn die Gruppe noch nicht oft diskutiert und philosophiert hat. Nach einigen Malen geht es aber immer besser. Zuvor sollte unbedingt vereinbart werden, dass jeder vollkommen frei sprechen darf und über keine Äußerung gelacht wird.
Bei jedem Gespräch wird über eine andere Frage aus dem Buch philosophiert.

Die Wolke

Ausgabe: • Ravensburger Verlag (RTB 8014), 1997. ISBN 3-473-58014-7.

Thema: • Folgen einer Kernexplosion für den Menschen; Überleben

Kriterien: • Jugendbuchpreis; menschliches Bild der Folgen solcher Katastrophen

Kurze Inhaltsangabe: • Janna-Berta verliert durch die Explosion in einer Kernzentrale ihre Familie. Unter Schock wird sie ins Krankenhaus eingeliefert. Nachdem sie einigermaßen wiederhergestellt ist, nimmt Tante Helga sie zu sich. Aber dort gefällt es ihr überhaupt nicht und sie läuft weg zu Tante Almut. Als dann bekannt wird, dass das Dorf wieder bewohnbar ist, entschließt sie sich, allein in ihr Elternhaus zurückzukehren.

Ausschnitt (S. 11):

»*Die Welt wird immer mehr zu unserem eigenen Gefängnis.*
Zum Gefängnis des atomaren Fortschritts.
Wenn wir heute nichts dagegen unternehmen,
werden sie sich morgen bedanken
für unser Stillhalten und unsere „Vernunft".
Jeder muss überlegen, was er tun kann.
Jeder an seiner Stelle.«

Der Ausschnitt stammt aus einer Anzeige, die am 23.5.1986, vier Wochen nach dem Reaktorunfall von Tschernobyl in der Wochenzeitung DIE ZEIT stand. Sie entstand in einem Freundeskreis von sieben Männern und Frauen. Als verantwortlich im Sinne des Presserechts zeichnete Inge Aicher-Scholl, die Schwester von Hans und Sophie Scholl.

Mit freundlicher Genehmigung von Manuel Aicher.
(Urheberrechtlich verantwortlicher Erbe von Inge Aicher-Scholl)

Spiel 65: Die Kampagne

Alter: ab 13 Jahre

Dauer: zwei Vor- oder Nachmittage oder mehrere kürzere Treffen

So geht es: Der Spielleiter liest den Ausschnitt vor. In Vierergruppen sollen die Teilnehmer sich ein gesellschaftliches Problem überlegen, das sie bewegt, und dafür eine Kampagne durchführen. Zuerst wird besprochen, was das grundsätzlich beinhaltet. Danach geht jede Gruppe an die Arbeit und beratschlagt, wie ihre Kampagne verlaufen soll. Am Ende wird für die anderen ein Informationstreffen abgehalten. Einige Kampagnen sind womöglich so gut, dass sie auch an die Öffentlichkeit gelangen können und sollten.

Variante: Je zwei Paare haben eine Woche lang Zeit, sich auf ein Streitgespräch pro und contra vorzubereiten. Wer gewinnt das Streitgespräch und warum? Das Gespräch darf höchstens 10 Minuten dauern und muss folgendermaßen aufgebaut sein: **a.** Darlegung des Problems durch den Spielleiter (2 Min.); **b.** Argumentation der Befürworter (2 Min.); **c.** Argumentation der Gegner (2 Min.); **d.** Reaktion auf die Argumente der jeweils anderen Partei (3 Min.); **e.** Beurteilung.

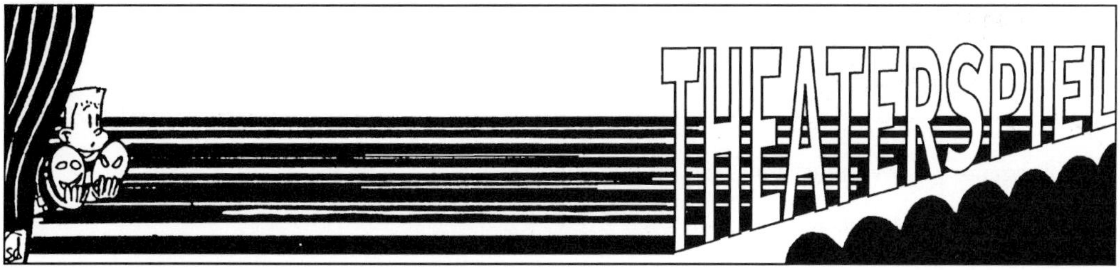

Theaterspiel

Für Theaterspiele ist die Altersstufe der 13- bis 17-Jährigen nicht mehr automatisch zu begeistern. Sie werden nur gespielt, wenn der Inhalt als sinnvoll empfunden wird oder sehr lustig ist. Auf jeden Fall sollten sie durch ein Gespräch oder eine kleine Übung eingeleitet werden, da der Textausschnitt allein meistens nicht genug hergibt. Vor einem Rollenspiel kann man zum Beispiel jeden Part kurz besprechen, sodass die Auffassungen der Spieler mit einfließen können.
Gegebenenfalls überrumpelt der Spielleiter die Gruppe vor Beginn des eigentlichen Spiels mit ein paar kurzen, schnell aufeinander folgenden Aufträgen oder Fragen. Theaterspiele brauchen nicht lange zu dauern. Eine Improvisation zum Beispiel lässt sich in wenigen Minuten durchführen. Manche Teilnehmer werden auch gar nicht das Bedürfnis haben, sich länger vor anderen zu produzieren. Und wer sich gar nicht wohl fühlt in seiner Haut, dem bietet das Masken- oder Schattenspiel die Möglichkeit, doch mitzumachen.

Buch:

- **Fabeln** *(Jean de La Fontaine)*

Theaterspiel:

- **Lebendes Schattenspiel**

Fabeln

Ausgabe: • dtv Verlag, 1995. ISBN 3-423-02353-8.

Thema: • Auffallen

Kriterien: • Die Fabeln von de La Fontaine sind wunderschön. Am bekanntesten dürfte wohl „Der Rabe und der Fuchs“ sein, aber auch die über hundert anderen Fabeln sind das Lesen und Wiederlesen unbedingt wert.
Sprachgebrauch; Sprachform; Vergleich von Tieren und Menschen

Kurze Inhaltsangabe: • Eine Fabel ist eine lehrhafte, oft satirische Erzählung in Vers- oder Prosaform. Häufig haben die darin vorkommenden Tiere menschliche Charakterzüge. In dieser Fabel verbannt der Löwe alle Tiere mit Hörnern, weil er von einem solchen getroffen worden ist. Da der Hase meint, er gehöre auch dazu, verschwindet er ebenfalls.

Ausschnitt (S. 180): ❞ ***Die Ohren des Hasen***

Einst stieß aus Ungeschick ein Hornvieh mit dem Horn
Den Löwen, der, erfüllt von Zorn,
Damit's nicht wieder ihm geschähe,
Ein jedes Tier aus' seiner Nähe
Verbannt, das an der Stirn etwas wie Hörner trug.
Stier, Widder, Ziegenbock begannen auszuwandern,
Das Damwild auch sucht einen andern
Wohnort – sie eilten schnell genug.
Ein furchtsam Häslein sah den Schatten seiner Ohren
Und meint', um ihre Länge schon
Erklärt' am Ende sie für Hörner ein Spion;
Ob solcher Hörner hielt es fast sich für verloren.
„Leb, Nachbar Grille, wohl!“ – spricht es – „Ich geh von hier;
Zu Hörnern macht man gar noch meine Ohren mir!
Und wenn sie kürzer noch als Straußenohren wären,
Ich hätte dennoch Furcht.“ – Die Grille aber lacht:
„Dies Hörner? Das, dein Wort in Ehren,
Sind Ohren wie sie Gott gemacht.“
„Hier aber hält man sie für Hörner“ –
So spricht der Hasenfuß – „für Einhornriesenhörner.
Was Reden und Beweis? Was Gründe, ein und aus?
's wär alles nur fürs Narrenhaus.“ ❝

Spiel 66: Lebendes Schattenspiel

Alter: ab 13 Jahre

Dauer: 60 Minuten bis zu einem ganzen Vor- oder Nachmittag

Material: Karton für die verschiedenen Ohren/Hörner, ein großes Bettlaken (straff gespannt), ein Strahler, Bilder von Tieren mit Hörnern, Scheren, Kleber, Hefter, Klebeband, Unterlagen, Teppichmesser.

So geht es: Der Spielleiter erzählt die Fabel (am besten auswendig!) und fragt die Teilnehmer dann, welche Tiere mit Hörnern sie kennen. Diese werden aufgeschrieben. Dann werden Fünfergruppen gebildet, von denen jede Material (Karton, Scheren, Kleber, Klebeband und Unterleger) bekommt, mit dem sie verschiedene Hörner basteln soll. Jede Gruppe überlegt sich, wer welches Tier darstellt und wie derjenige sich hinter dem Tuch bewegt (seitwärts, sodass sein Profil zu sehen ist!). Das wird ein paar Minuten geübt.

Dann beginnt die Vorführung. Ein Teilnehmer aus jeder Gruppe erzählt, dass Tiere aus dem Königreich verschwunden sind (ohne die Namen der Tiere zu nennen) und die anderen müssen raten, welche.

Variante: Diesmal wird kein Material zu Hilfe genommen, sondern mehrere Teilnehmer stellen gemeinsam ein Tier dar. Vielleicht kann es sich sogar bewegen. Der Spielleiter hilft den Kindern eventuell bei der Zusammenstellung der Tierformen und erinnert sie daran, dass sie nur im Profil und ganz nah am Tuch gut zu sehen sind.

Anleitungen zu Schattenspieltechniken finden Sie in „Wir spielen Schattentheater“ aus dem Verlag Freies Geistesleben, ISBN 3-7725-0441-8.

Erzählspiele

Viele Jugendliche kaufen nicht nur schneller eine Sonnenbrille (hinter der sie sich verstecken können) als ein Buch, sie können auch viel länger darüber reden.
In diesem Buch sind Erzählspiele immer an einen Textausschnitt geknüpft, sie können aber auch in Gespräche und Diskussionen über andere Themen münden. Alles kann Erzählstoff sein.
Bei einem Erzählspiel geht es darum, etwas mit Hilfe der Stimme und des Körpers so zu erzählen, dass das Publikum gebannt zuhört und zusieht. Die Geschichte muss einen Spannungsbogen haben, die Botschaft ankommen. Der Spielleiter sollte darauf achten, dass gut artikuliert wird, dass die Lautstärke sorgfältig dosiert wird und Pausen wirkungsvoll eingesetzt werden.

Buch:

- **Die unendliche Geschichte** *(Michael Ende)*
- **Münchhausen** *(Barbara Bartos-Höppner)*
- **Erzähler der Nacht** *(Rafik Schami)*
- **Rolltreppe abwärts** *(Hans-Georg Noack)*
- **Der wilde Wald** *(Tonke Dragt)*

Erzählspiel:

- **Eine Welt erschaffen**
- **Übertrieben erzählen**
- **Erzähl mal**
- **Das Traumtagebuch**
- **Die Radioreportage**

Michael Ende

Die unendliche Geschichte

Ausgabe: • Thienemanns Verlag, 1979. ISBN 3-522-12800-1.

Thema: • Fantasiewelt; Angst zu versagen; träumen

Kriterien: • Meisterwerk; Empfehlung von Fachleuten; Klassiker

Kurze Inhaltsangabe: • Bastian wird von seinen Klassenkameraden immer nur geärgert. In einem Antiquariat stiehlt er ein Buch, versteckt sich damit auf dem Speicher der Schule und fängt an zu lesen. Doch „Die unendliche Geschichte“, so lautet der Titel des Buchs, ergreift mehr und mehr Besitz von ihm. Die Kaiserin der Fantasie braucht einen neuen Namen und so verschwindet er um zwölf Uhr ganz in dieses Land, wo er in seine eigene Wunschwelt verstrickt wird. Im Kampf um Gut und Böse lernt er, wie er leben muss, und kehrt am Ende als starker Mensch zurück.

Ausschnitt (S. 195): » *Der Keim wuchs sehr rasch, man konnte ihm dabei zusehen. Er entfaltete Blätter und Stängel, trieb Knospen hervor, die zu wunderbaren, vielfarbig glimmenden und phosphoreszierenden Blüten aufsprangen. Schon bildeten sich kleine Früchte, die, sobald sie reif waren, explodierten wie Miniaturraketen und einen bunten Funkenregen von neuen Samenkörnern um sich sprühten.*
Aus den neuen Samenkörnern wuchsen wieder Pflanzen, doch hatten sie andere Formen, glichen Farnwedeln oder kleinen Palmen, Kakteenkugeln, Schachtelhalmen oder knorrigen Bäumchen. Jede glomm und leuchtete in einer anderen Farbe. «

Michael Ende, DIE UNENDLICHE GESCHICHTE

Spiel 67: Eine Welt erschaffen

Alter: ab 13 Jahre

Dauer: 5 Minuten je Gruppentreffen

Material: Kassettenrekorder mit Aufnahmemöglichkeit, leere Kassetten

So geht es: Der Spielleiter liest den Ausschnitt vor und erzählt, dass Bastian von der Kindlichen Kaiserin ein Saatkörnchen bekommen hat. Mit seiner Fantasie soll er das Land neu erschaffen. Die Teilnehmer sitzen im Kreis und der Spielleiter fragt, wer anfangen will, über eine neue Welt zu erzählen. Gemeinsam spinnt die Gruppe sie weiter. Es gibt noch rein gar nichts, keine Luft, kein Land, nichts. Bei jedem Treffen wird diese Welt ein wenig weiter erschaffen. Das Erzählte wird auf Band aufgenommen und beim nächsten Mal abgespielt. Danach wird weitererzählt. So entsteht die unendliche Geschichte.

Variante: Diesmal werden beim Erzählen auch Geräusche gemacht, sodass ein Hörspiel entsteht.

Barbara Bartos-Höppner

Münchhausen

Ausgabe: • Arena Verlag, 1995. ISBN 3-401-04528-8.

Thema: • Angeber; Reisen auf ungewöhnliche Weise; Übertreibungen; Jagdgeschichten

Kriterium: • Klassiker

Kurze Inhaltsangabe: • Die wundersamen Abenteuer des Barons sind schwer übertriebene Fantastereien. Er reist ebenso leicht zum Mond wie er die beiden Hälften seines in der Mitte zertrennten Pferdes wieder miteinander verbindet. Die Geschichten reichen von Kriegsabenteuern in Russland und Gefangenschaft in der Türkei bis zu Reisen über das Meer, zum Mond und quer durch die Erde.

Ausschnitt (S. 27/28): » ***Die Entenjagd***

Eines Tages geriet ich beim Jagen an einen See, auf dem sich einige Dutzend Enten tummelten. Leider schwammen sie sehr weit verstreut voneinander, sodass ich mit jedem Schuss nur eine einzige Ente hätte erlegen können. Mit genügend Patronen in der Tasche mag das kein allzu großes Unglück sein. Ich hatte aber nur noch einen letzten Schuss in der Flinte und hätte damit am liebsten alle Enten gehabt. Nun war guter Rat teuer, wie ich das anstellen könnte. Da fiel mir plötzlich ein Stückchen Schinkenspeck in meiner Jagdtasche ein. Es war als Einziges von meinem Frühstück übrig geblieben. Dieses Stückchen Schinkenspeck befestigte ich nun an einer langen Hundeleine, die ich außerdem noch schnell aufdrehte und auf diese Weise um das Vierfache verlängerte.

Nachdem das geschehen war, versteckte ich mich im Schilf am Ufer, warf meinen appetitlichen Speckbrocken ins Wasser, und nicht lange darauf sah ich, wie die erste Ente herbeigeschwommen kam und ihn verschlang. Nicht lange darauf kam er an ihrem anderen Ende wieder unverdaut heraus. Der ersten Ente folgte eine zweite, eine dritte, eine vierte; und jede von ihnen fraß den glatten Brocken.

Der vierten Ente folgte die fünfte, die sechste und so weiter, bis sich alle Enten, die auf dem See herumgeschwommen waren, an dem Schinkenspeck vergnügt hatten. Ich in meinem Schilfversteck beobachtete das natürlich hoch erfreut, denn die aufgedrehte Hundeleine, an welcher der Speckbrocken hing, riss nicht, und so fädelten sich die Enten wie Perlen an einer Schnur daran auf. «

Spiel 68: Übertrieben erzählen

Alter: ab 13 Jahre

Dauer: 50 Minuten

So geht es: Kindern macht es Spaß, zu übertreiben und Geschichten zu erzählen, die nicht oder nur zum Teil wahr sind. Der Spielleiter erzählt von dem illustren Baron und erteilt den Teilnehmern den Aufgabe, sich jeweils zu zweit eine kleine Anekdote zu überlegen, die unmöglich passiert sein kann. Nach einer Viertelstunde Vorbereitung präsentiert jedes Paar seine Geschichte: Einer fängt an, aber der andere darf ihn unterbrechen, um etwas hinzuzufügen oder noch stärker zu übertreiben.

Variante: Die verrückteste Geschichte wird eine Woche lang jeden Tag von zwei anderen Kindern nacherzählt, wobei jedes Mal alles noch mehr übertrieben und ausgemalt wird.
Auf diese Weise kann eine ganz normale Geschichte außergewöhnliche Formen annehmen.

Erzähler der Nacht

Ausgabe: • Beltz & Gelberg Verlag (Gulliver Taschenbuch 738), 1995. ISBN 3-407-78738-3.

Thema: • Geschichten erzählen

Kriterien: • modernes Märchen; mehrfach preisgekrönt

Kurze Inhaltsangabe: • Salim ist der berühmteste Geschichtenerzähler von Damaskus. Auf seinen Fahrten als Kutscher erzählt er seinen Fahrgästen die schönsten Geschichten. Plötzlich wird Salim stumm. Eine Fee sagt ihm, dass er seine Stimme – und damit seine Fähigkeit zu erzählen – wiederbekommen kann, wenn er innerhalb von drei Monaten sieben außergewöhnliche Geschenke findet. Dabei handelt es sich um sieben Geschichten. Salims sieben Freunde beschließen, jeden Abend eine Geschichte zu suchen.

Ausschnitt (S. 9): »*Stundenlang konnte der alte Kutscher die Zuhörer mit seinen Geschichten verzaubern. Er erzählte von Königen, Feen und Räubern, und er hatte in seinem langen Leben viel erlebt. Ob er heitere, traurige oder spannende Geschichten erzählte, seine Stimme verzauberte jeden. Sie brachte nicht nur Trauer, Zorn und Freude hervor, es wurden sogar Wind, Sonne und Regen für uns spürbar. Wenn Salim zu erzählen anfing, segelte er in seinen Geschichten wie eine Schwalbe.*«

Spiel 69: Erzähl mal

Alter: ab 13 Jahre

Dauer: Einleitung 30 Minuten, danach je Teilnehmer max. 10 Minuten Erzählzeit

So geht es: Der Spielleiter liest den Ausschnitt vor. Salim ist berühmt für sein Erzähltalent. Wie kann man lernen, eine Geschichte schön zu erzählen?
Der Spielleiter stellt folgende Fragen: Welches Buch, das ihr gelesen habt, findet ihr am schönsten und warum? War es vielleicht besonders spannend? Oder so ergreifend, dass ihr fast weinen musstet? Oder so lustig, dass ihr euch halb totgelacht habt?
Das Lieblingsbuch jedes Teilnehmers dient als Ausgangspunkt für ein Erzählspiel. Jeder erzählt den anderen die Geschichte aus dem Buch so, dass alle gebannt zuhören. Gelingt es, die Spannung aus dem Lieblingsbuch genau wiederzugeben? Wie macht man das? Der Spielleiter trägt mit den Teilnehmern einige Tipps zusammen: Intonation, abwechseln zwischen schnell/langsam, laut/leise sprechen usw. Nach ein paar Tagen Vorbereitungszeit wird jeweils am Anfang und am Ende jedes Gruppentreffens eine Geschichte erzählt (max. 10 Minuten).

Variante: Die Teilnehmer versuchen, selbst eine spannende, originelle oder ergreifende Geschichte zu schreiben. Als Vorbereitung sollten zuerst ein paar Geschichten gemeinsam gelesen und besprochen werden, um zu sehen, wie der Autor vorgegangen ist.

Rolltreppe abwärts

Ausgabe: • Ravensburger Verlag (RTB 8001), 1997. ISBN 3-473-58001-5.

Thema: • Jugendkriminalität; geschiedene Eltern; Jugendstrafanstalt; Pubertät; Freundschaften

Kriterien: • aktuelles Thema; bekanntes Thema

Kurze Inhaltsangabe: • Nach der Scheidung seiner Eltern ist Jochen viel allein. Seine Mutter muss arbeiten, um sie beide durchzubringen. Als er Axel kennen lernt, fängt er an zu klauen. Da seine Mutter sich nicht mehr zu helfen weiß, kommt Jochen in eine Erziehungsanstalt. Aber auch dort lässt er sich nicht züchtigen und reißt aus. Als ihn die Polizei verhaftet, will Jochen seine Zelle am liebsten gar nicht mehr verlassen, so wohl fühlt er sich dort. Wo soll er auch anders hin? Seine Eltern wollen ihn ja nicht haben ...

Ausschnitt (S. 38): » *Aber in der Nacht träumte Jochen. Er fuhr die Rolltreppe abwärts, und plötzlich sah er unten, am Fuße der Treppe, einen Angestellten mit einem Bündel Papiere in der Hand. Er sah über den Rand seiner Papiere hinweg Jochen abwartend entgegen. Jochen drehte sich um und wollte die Rolltreppe hinauflaufen, doch die Stufen kamen ihm entgegen, und Menschen versperrten ihm den Weg; er kam nicht vom Fleck, seine Füße trafen immer wieder nur dieselben Stufen, und unten wartete der Mann mit den Papieren; Jochen hatte ihm den Rücken zugewandt und sah im Traum doch sein selbstzufriedenes Lächeln, das sagte: Du kommst nicht weg, mein Junge, dich kriegen wir schon.* «

Spiel 70: Das Traumtagebuch

Alter: ab 13 Jahre

Dauer: 20 Minuten

So geht es: Der Spielleiter liest den Ausschnitt vor und fragt die Gruppe, wer sich noch an einen Traum erinnert und ihn den anderen erzählen will. Einen Monat lang führen die Teilnehmer ein gemeinsames Traumtagebuch: Alle Träume, an die sie sich beim Wachwerden erinnern, werden ausführlich aufgeschrieben. Nach einem Monat darf jeder einen der Träume aus dem Buch so schön wie möglich erzählen. Ein spannender Traum wird natürlich spannend erzählt, ein trauriger traurig.

Variante: Der Spielleiter liest den Ausschnitt vor. Jochens Traum klingt wie ein Thriller. Je zwei Teilnehmer denken sich gemeinsam eine spannende Situation aus, in der eine Person von einer anderen verfolgt wird. Wo und warum findet die Verfolgungsjagd statt und wie endet sie? Daraus entsteht ein zweiminütiges Theaterstück, das aufgeführt wird. Am Ende gibt es ein Gespräch: Welches Stück war am spannendsten und warum?

Tonke Dragt

Der wilde Wald

Ausgabe: • Beltz & Gelberg Verlag (Gulliver Taschenbuch 56), 1989. ISBN 3-407-78056-7.

Thema: • Abenteuer; Ritter

Kriterium: • Klassiker

Kurze Inhaltsangabe: • König Dagonaut schickt Ritter Ristridin in den wilden Wald, um nachzuprüfen, ob an den Gerüchten, in dem Wald hausten Räuber und böse Ritter, die jeden töten, der ihn betritt, etwas dran ist. Als Ristridin nicht wiederkommt, ziehen viele andere Ritter in den Wald, um ihn zu suchen. Auch der junge Ritter Tiuri und sein Schildknappe Piak machen sich auf die Suche.

Ausschnitt (S. 407): » *Nun standen die Prinzen vor König Dagonaut. Der erwähnte noch einmal die Bedingungen und Regeln und fragte dann laut: „Seid ihr bereit?"*
Die Brüder nickten. Sie sahen einander an, sagten aber nichts. Worte hatten sie sich nicht mehr zu sagen. „So wartet denn auf mein Zeichen", sprach Dagonaut. Die Prinzen ritten zum Kampfplatz. Dort setzten sie ihren Helm auf und ließen sich von ihren Schildknappen die Lanzen geben. Ritter Ristridin stieß in sein Horn. „Möge Gott über euch richten", sagte König Dagonaut und hob seinen Stab empor. Nun stürmten sie aufeinander los und trafen einander mit dumpfem Stoß. Tiuri schloss unwillkürlich die Augen, doch als er wieder hinsah, saßen beide noch im Sattel, und keiner schien verwundet zu sein. Wieder ritten sie auseinander, dann wieder aufeinander zu, ungestüm und rasch. Und diesmal trafen sie sich mit solcher Kraft, dass die Lanze des Fürsten zerbarst und er selbst vom Pferd fiel. «

Spiel 71: Die Radioreportage

Alter: ab 13 Jahre

Dauer: 45 Minuten

So geht es: Der Spielleiter teilt Kopien von dem Ausschnitt aus und ein Teilnehmer liest vor. Der Ausschnitt soll als Radioreportage nachgespielt werden. Der Teilnehmer ist ein Reporter, der live von diesem Ritterkampf berichtet.
Natürlich kann auch eine Radioreportage zu einem anderen Ereignis gemacht werden. Der eine will vielleicht lieber über ein Fußballspiel berichten und der andere über ein klassisches Konzert. Die Teilnehmer sollten jedoch zuerst ein kleines Drehbuch vom Verlauf ihrer Sendung anfertigen, an das sie sich halten können. Besonders schön wäre es natürlich, wenn die Reportagen auf Band aufgenommen werden könnten.

Variante: Die Jugendlichen entwerfen eine modernere Fassung des Buchs in Form eines Comic-Strips. In zehn Bildern sollen die Teilnehmer den in dem Ausschnitt beschriebenen Kampf malen.

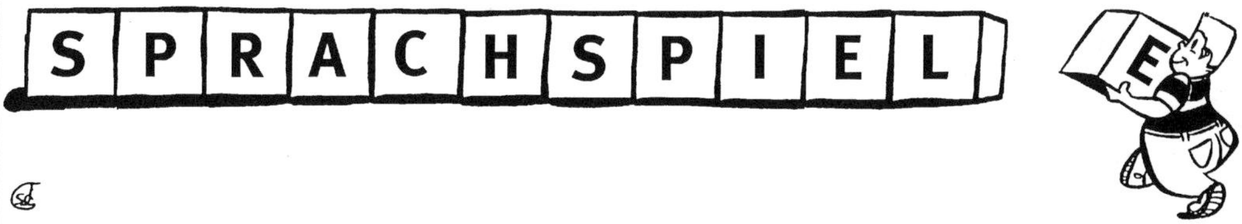

Sprachspiele

13- bis 17- jährige sind in einem Alter, in dem man sie durchaus mit sich selbst konfrontieren kann und sollte. Sprachspiele bieten dazu eine gute Gelegenheit. Sprache ist in diesem Alter, neben dem Fernsehen, das schnellste Medium. Die Jugendlichen sind nicht zuletzt durch die schnelle Abfolge von TV-Bildern an Tempo gewöhnt. Sprachspielaufträge sollten kurz und verständlich sein, damit sie rasch und ohne langes Nachdenken ausgeführt werden können. Ein Hörspiel darf nicht länger als ein paar Minuten dauern. Jeder Teilnehmer muss direkt nach seiner Meinung gefragt werden und diese Meinung muss sofort in eine Präsentation umgesetzt werden. Die Durchführung von Sprachspielen erfordert daher von Anfang bis Ende, vom Konzept bis zur Aufführung, die größte Aufmerksamkeit.

Buch:

- **Krabat** *(Otfried Preußler)*
- **Ulenspiegel und Lamme Goedzak** *(Charles de Coster)*
- **Tom Sawyers Abenteuer** *(Mark Twain)*
- **Der Mann im Feuer** *(Willi Fährmann)*

Sprachspiel:

- **Spannend lesen**
- **Assoziationen**
- **Ein Geräusch beschreiben**
- **Sprüche und Redensarten**

Otfried Preußler

Krabat

Ausgabe: • Thienemanns Verlag, 1981. ISBN 3-522-13350-1.

Thema: • Magie; Befreiung von bösen Kräften durch die Liebe

Kriterien: • spannend, Klassiker, Deutscher Jugendbuchpreis

Kurze Inhaltsangabe: • Krabat wird drei Nächte hintereinander im Traum aufgefordert, zu einer Mühle zu gehen. Als er dies tut, fällt er dem Meister der Mühle in die Hände, der den 12 Müllerburschen nicht nur das Mahlen von Korn, sondern auch schwarze Magie beibringt. Sie kommen erst wieder frei, wenn ein Mädchen, das einen von ihnen liebt, sein Leben für sie wagt. Als Krabat seine Liebste bittet, diese Prüfung für sie zu durchstehen, zögert sie nicht und befreit die Jungen aus der Gewalt des Meisters.

Ausschnitt (S. 254/255): » *Der Meister zog aus der Manteltasche ein schwarzes Tuch, das band er der Kantorka vor die Augen, dann führte er sie herein.*
„Wenn du mir deinen Burschen zeigen kannst, darfst du ihn mitnehmen."
Krabat erschrak, damit hatte er nicht gerechnet. Wie sollte er nun dem Mädchen helfen? Da nützte ihm auch der Ring von Haar nichts!
Die Kantorka schritt die Reihe der Burschen ab, einmal und zweimal. Krabat vermochte sich kaum auf den Beinen zu halten. Sein Leben, das spürte er, war verwirkt. Und das Leben der Kantorka! Angst übermannte ihn – Angst, wie er nie zuvor sie gespürt hatte. „Ich bin schuld, dass sie sterben muss", ging es ihm durch den Kopf. „Ich bin schuld daran ..."
Da geschah es. Die Kantorka, dreimal war sie die Reihe der Burschen entlanggeschritten, streckte die Hand aus und zeigte auf Krabat. „Der ist es", sagte sie. «

Spiel 72: Spannend lesen

Alter: ab 13 Jahre

Dauer: 60 Minuten je Teilnehmer

So geht es: Der Spielleiter verteilt Kopien von dem Ausschnitt. Jeder soll den Text leise für sich lesen und die Stellen unterstreichen, die beim Vorlesen besonders spannend oder lauter zu lesen sind oder an denen vielleicht eine bestimmte Bewegung gemacht werden muss. Danach darf jeder seinen Text laut vorlesen.

Variante: Jeder wählt aus dem Ausschnitt einen Satz aus und überlegt sich, wie er ihn vortragen will: böse, traurig, froh, zornig, gelangweilt. Die Gruppe sitzt im Kreis und im Uhrzeigersinn spricht jeder laut seinen Satz. Sind alle fertig, fängt der Spielleiter an und sagt seinen Satz zu dem Kind links neben ihm. Das antwortet mit seinem eigenen Satz, dreht sich dann zu seinem linken Nachbarn und spricht denselben Satz noch einmal, nun aber anders. Das neue Kind reagiert wieder mit seinem Satz usw.

Ulenspiegel und Lamme Goedzak

Ausgabe: • Parkland Verlag, 1974. (vergriffen)

Thema: • Glaubenskrieg; Abenteuer; Verspottung

Kriterium: • Klassiker

Kurze Inhaltsangabe: • In dieser Fassung wird Ulenspiegel im 16. Jhdt. in Belgien geboren. Er hält der Bürgerschaft mit seiner Art zu leben einen Spiegel vor, erlebt allerlei Abenteuer, widersetzt sich gegen die Herrschaft der Spanier und führt alle an der Nase herum.

Ausschnitt (S. 55): »*Wenn ein Mann des Gesetzes gar geschwollen und von seiner Wichtigkeit aufgeblasen daherkam, streckte Ulenspiegel seinen Kopf aus dem Rahmen, ahmte die Fratze eines alten Affen nach und sprach: „Eine alte Schnauze kann verschimmeln, aber nicht erblühen; bin ich nicht euer wahrhafter Spiegel, Herr mit dem überweisen Gesicht?“*

Wenn er als Kunden einen stämmigen Söldner hatte, versteckte sich Ulenspiegel und zeigte statt seines Gesichts mitten im Rahmen eine großmächtige Platte voll Fleisch und Brot und sprach: „Die Schlacht wird dich zu Suppenfleisch hacken. Was gibst du mir für deine Weissagung, o Söldner und Liebling der großmäuligen Feldschlangen?“

Wenn ein alter Mann, der ruhmlos sein kaltes Haupt einhertrug, sein junges lebenslustiges Weib herführte, versteckte sich Ulenspiegel, wie er es beim Söldner getan hatte, zeigte im Rahmen einen kleinen Strauch, an dessen Zweigen Messerstiele, Büchslein, Kämme, Tintenfässchen, all dies aus Horn angehängt waren, und rief aus: „Woher kommen diese schönen Dinge, Herr? Doch wohl vom Hörnerbaum, der im Garten aller Ehemänner gedeiht?“ «

zitiert nach: Charles de Coster, Ulenspiegel und Lamme Goedzak © 1974 Transitbooks AG Zürich

Spiel 73: Assoziationen

Alter: ab 13 Jahre

Dauer: zwei Gruppentreffen von je 50 Minuten

So geht es: Der Spielleiter liest den Ausschnitt vor und stellt den Teilnehmern die Aufgabe, zu jedem Foto, das er zeigt, Wörter aufzuschreiben, die ihnen dazu einfallen. Nach 20 Minuten werden die Wörterlisten vorgelesen und verglichen. Dann wählt sich jeder ein Foto aus und schreibt etwas dazu.

Beim zweiten Treffen haben alle zu ihrem Foto passende Dinge oder Gegenstände mitgebracht, die sie während des Vorlesens zusammen mit dem Foto vorzeigen und es so kommentieren. Dies kann auch in Teamarbeit geschehen. Jugendliche lassen sich gern über andere aus. Dieses Spiel bietet ihnen dazu eine gute Gelegenheit.

Mark Twain

Tom Sawyers Abenteuer

Ausgabe: • Arena Verlag (TB 3), 1998. ISBN 3-401-00203-1.

Thema: • Pflegefamilie; Angeber; Kinder ohne Eltern

Kriterium: • Klassiker

Kurze Inhaltsangabe: • Tom Sawyer und Huckleberry Finn werden nachts auf dem Friedhof Zeuge eines Mordes. Als Muff zu Unrecht zum Galgen verurteilt wird, kann Tom nicht länger schweigen. Joe, der Mörder, entkommt und Tom fürchtet seine Rache. Als Tom und Huckleberry ihm zufällig wiederbegegnen, stellt sich heraus, dass er in noch mehr düstere Geschäfte verwickelt ist.

Ausschnitt (S. 19): »*Er aß einen Apfel und stieß in regelmäßigen Abständen ein langes, melodisches Heulen aus, dem ein tief tönendes Bim-bam-bam, Bim-bam-bam folgte, denn er stellte einen Dampfer dar. Als er heranzog, drosselte er die Geschwindigkeit, hielt sich in der Straßenmitte, lehnte sich weit nach steuerbord über und drehte gemessen, umständlich und mit großem Aufwand bei, denn er verkörperte den Dampfer „Big Missouri“ und er war sich bewusst neun Fuß Tiefgang zu haben. Er war Dampfer, Kapitän und Schiffsglocke in einem und so musste er sich einbilden, er stehe auf seinem eigenen Hurrikandeck.*

„Stopp, Sir! Bim-bim-bim.“ Die Vorwärtsbewegung hörte fast gänzlich auf und er steuerte langsam den Bürgersteig an. „Maschine volle Kraft rückwärts! Bim-bim-bim!“ Er streckte die Arme steif an den Seiten hinab. „Steuerbord achteraus! Bim-bim-bim! Tschuk-tsch-tschuk-tschuk-tschuk!“«

Spiel 74: Ein Geräusch beschreiben

Alter: ab 13 Jahre

Dauer: 50 Minuten

So geht es: Der Spielleiter verteilt Kopien von dem Ausschnitt und liest ihn gemeinsam mit der Gruppe. Dann überlegt sich jeder Teilnehmer ein Fahrzeug oder Gerät und versucht möglichst genau zu beschreiben, was für Geräusche es macht. Die anderen müssen raten, worum es geht.

Variante 1: Der ganze Ausschnitt wird von einer Gruppe in Geräuschen erzählt: tschuk-tsch-tschuk-tschuk, bim-bam-bam, bim-bim-bim usw. Kann die andere Gruppe verfolgen, worum es sich handelt?

Variante 2: Diesmal werden zu den Geräuschen die entsprechenden Bewegungen gemacht. Besonders schön ist es, verschiedene Stücke gleichzeitig auszuführen.

Willi Fährmann

Der Mann im Feuer

Ausgabe: • Arena Verlag (2580), 1997. ISBN 3-401-02580-5.

Thema: • Deutsche Geschichte 1919–1939; Vergewaltigung

Kriterien: • Beschreibung des aufkommenden Nationalsozialismus

Kurze Inhaltsangabe: • Endlich kann Christian Fink sein Geburtsdorf verlassen. In Kirchwüsten wird er nämlich ständig gehänselt, ein Bastard zu sein. Als er woanders in einer Ziegelbrennerei arbeiten kann, lässt er sich diese Chance nicht entgehen. Doch es stellt sich heraus, dass sein Chef sein Vater ist – der Mann, der schuld daran ist, dass er ein Bastard genannt wird, und der seiner Mutter durch die Vergewaltigung das Leben zur Hölle machte. Christian sinnt auf Rache.

Ausschnitt (S. 346): » *„Denke daran: Tempora vulnera sanant." Christian stutzte. Das war doch der Spruch in Opa Paschmanns Uhr. „Was heißt das, was Sie da eben gesagt haben?", fragte er. „Zeit heilt Wunden", übersetzte Heini. Christian dachte an seine Mutter und sagte: „Manche Wunden heilen nie."*
Frau Ruthenberg schaute ihn verwundert an. „Wie kommst du darauf? Es ist selten, dass junge Leute das wissen."
„Ich weiß es eben", antwortete er. «

Mit freundlicher Genehmigung des Arena Verlages.

Spiel 75: Sprüche und Redensarten

Alter: ab 13 Jahre

Dauer: 30 Minuten

So geht es: Der Spielleiter liest den Ausschnitt vor. „Die Zeit heilt alle Wunden" ist eine bekannte Redensart. Die Sprache steckt voller solcher Weisheiten, von denen die meisten schon sehr alt sind. Aber sind sie auch wahr? Gemeinsam werden Redensarten gesammelt, an die Tafel geschrieben und besprochen. Welche sprechen euch an? Warum? Findet ihr sie richtig? Welche sprechen euch nicht an? Warum nicht? Dann werden fünf Redensarten ausgewählt, mit denen jeder einverstanden ist.

Bastelspiele

Bastelspiele können bei 13- bis 17-Jährigen Widerstand wecken. Sie wollen vom Spielleiter wissen, warum ein Text bildhaft umgesetzt werden soll. Der kann in diesem Fall erklären, dass die visuelle Bearbeitung ein völlig neues Erleben des Textes ermöglicht. Vor Beginn eines Bastelspiels sollte der Spielleiter überlegen, welche Materialien für seine Gruppe am besten geeignet sind, damit das Ergebnis ähnlich ausdrucksstark wird wie der Text.
Für diese Altersstufe eignen sich Collagetechniken besonders gut. Eine gute Vorbereitung und ständige Begleitung sind jedoch unerlässlich, wenn ein präsentables Ergebnis entstehen und verhindert werden soll, dass die Jugendlichen vorzeitig aufgeben.

Buch:

- **In 80 Tagen um die Welt** *(Jules Verne)*
- **Winnetou** *(Karl May)*

Bastelspiel:

- **Wie reist man am besten?**
- **Spurensuche**

Jules Verne

In 80 Tagen um die Welt

Ausgabe: • Dressler Verlag, 1997. ISBN 3-7915-3557-9.

Thema: • Reisen; Wetten

Kriterium: • Klassiker

Kurze Inhaltsangabe: • Phileas Fogg behauptet während eines Gesprächs im Klub, in 80 Tagen um die Welt reisen zu können. Alle erklären ihn für verrückt, gehen aber auf die Wette ein. Fogg reist sofort ab. Die Reise verläuft gut, bis man ihn des Diebstahls beschuldigt und Detektiv Fix ihn verfolgt. Durch seine Verhaftung droht er die Wette zu verlieren, doch der wirkliche Täter wird geschnappt und Fogg kann seine Reise fortsetzen. Da er die Zeitverschiebung nicht berücksichtigt hat, ist er allerdings schon einen Tag vor Verstreichen der 80 Tage wieder in London.

Ausschnitt (S. 16/17): »*„Es gibt nichts Unvorhergesehenes. Ich werde für diese Reise um den Erdball 80 Tage benötigen, das sind 1920 h oder 115 200 min, die ich mathematisch einteilen und ökonomisch verwenden werde. Nehmen Sie an?"*
Die Herren Stuart, Fallentin, Sullivan, Flanagan und Ralph nahmen nach kurzer Beratung an: „20 000!"
„Gut, ich nehme den Zug um 20.45 Uhr nach Dover. Am Samstag, den 21. Dezember werde ich wieder hier im Club sein zur nächsten Runde Whist. Anderenfalls können Sie über 20 000 £ auf meinem Konto verfügen: Hier ist ein Scheck über diese Summe." «

Spiel 76: Wie reist man am besten?

Alter: ab 15 Jahre

Dauer: zwei Gruppentreffen

So geht es: Der Spielleiter liest den Ausschnitt vor. Die Geschichte spielt im Jahre 1872, als die Fortbewegungsmöglichkeiten noch nicht so weit entwickelt waren wie heutzutage. Wenn Phileas Fogg die Reise damals in 80 Tagen machen konnte, wie lange würde er wohl heute brauchen? Per Zug und Postschiff reiste er von London über Brindisi nach Suez, von Suez nach Bombay, von Bombay nach Kalkutta, von dort nach Hongkong und schließlich nach Yokohama (Japan). Von da aus ging es weiter nach San Francisco, dann nach New York und von dort zurück nach London.
In Dreiergruppen wird berechnet, wie schnell diese Strecke heute zurückgelegt werden könnte. Für jede Teilstrecke muss ein anderes Transportmittel verwendet werden. Welche stehen alle zur Verfügung (Flugzeuge, schnellere Züge, Autos usw.)? In welcher Zeit ließe sich die gleiche Reise heute durchführen (Flughäfen, Reisebüros und Bahnhöfe anrufen, selbst Berechnungen anstellen)?

Karl May

Winnetou

Ausgabe: • Erster Band. Karl-May-Verlag, 1992. ISBN 3-7802-0007-4.

Thema: • Indianer

Kriterium: • Klassiker

Kurze Inhaltsangabe: • Von St. Louis bis zur Westküste soll eine Eisenbahnlinie gebaut werden, mitten durch Indianergebiet. Als Old Shatterhand mit einigen Kollegen in der Gegend Land vermisst, begegnet er Winnetou und seinem Vater, dem Häuptling der Apatschen. Zuerst misstrauen sie ihm, doch dann beweist der Weiße ihnen seine Freundschaft. Als vier goldlüsterne Cowboys den Häuptling und seine Tochter töten, ziehen Winnetou und Old Shatterhand gemeinsam los, um sie zu rächen.

Ausschnitt (S. 156): ❞ *Wir hatten nicht mehr als zweihundert Pferdeschritte zurückgelegt, da kam die Fährte eines Reiters aus dem Sand herauf und führte deutlich über das Gras in südlicher Richtung hin.*
„Was ist das hier, Sam?“, fragte ich, nicht wenig stolz, als Neuling Recht zu erhalten.
Seine Äuglein schienen sich in ihre Höhlen verkriechen zu wollen und sein listiges Gesicht zog sich in die Länge.
„Pferdestapfen!“, antwortete er erstaunt.
„Woher sind sie gekommen?“
Er blickte über das Trockenbett hinüber, und da er dort keine Spur bemerkte, meinte er: „Jedenfalls hier aus dem Frühjahrsfluss.“
„Allerdings. Und wer mag der Reiter gewesen sein?“
„Weiß ich es?“
„Nun, so will ich es euch sagen: einer der beiden Apatschen!“ ❝

Mit freundlicher Genehmigung des Karl-May-Verlages Bamberg.

Spiel 77: Spurensuche

Alter: ab 13 Jahre

Dauer: Aufgabe 1: 60 Minuten; Aufgabe 2: 30 Minuten

So geht es: Der Spielleiter liest den Ausschnitt vor. Es gibt viele Arten von Spuren: drinnen und draußen, Tierspuren, Menschenspuren, Krümelspuren, Abdrücke usw. Je zwei Teilnehmer erstellen gemeinsam eine Liste aller Spurenarten, die sie kennen oder sich vorstellen können (Aufgabe 1). Der Spielleiter bestimmt, welche davon gelegt wird, und dann geht die ganze Gruppe auf Spurensuche (Aufgabe 2). Wie findet man eine Spur? Wie erkennt man eine Spur? Wie folgt man einer Spur?

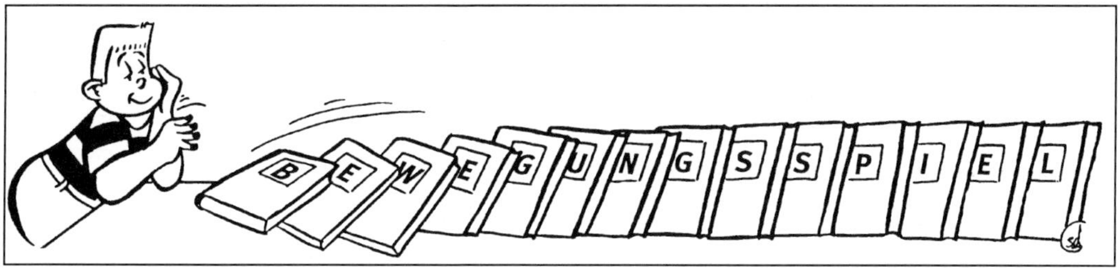

Bewegungsspiel

Während 12- und 13-Jährige sich noch gern und ohne Scheu bewegen, sind Bewegungsspiele in der Altersstufe 13–17 Jahre schon schwieriger. Die Jugendlichen bewegen sich schwerfälliger und haben Hemmungen, sich zu zeigen. Auch die Kleidung lässt einen Hang zur Verhüllung erkennen. Nach einiger Zeit verschwindet die Scham vor dem eigenen Körper jedoch wieder und die Bewegungen werden freier. Der Spielleiter sollte sich gut überlegen, ob er seine Gruppe eine solche Aufgabe ausführen lässt und wie er sie gegebenenfalls an diese heranträgt.

Buch:

- **Die drei Musketiere** *(Alexandre Dumas)*

Bewegungsspiel:

- **Duellieren**

Die drei Musketiere

Ausgabe: • Insel Verlag (it 1131), 1988. ISBN 3-458-32831-9.

Thema: • historischer Abenteuerroman; Duellieren

Kriterium: • Klassiker

Kurze Inhaltsangabe: • Der junge d'Artagnan schließt sich den drei Musketieren, Soldaten des französischen Königs Ludwig XIII, an. Der am Hof lebende Kardinal Richelieu, ein Verräter, hasst die Musketiere und macht ihnen das Leben schwer.

Ausschnitt (S. 64): » *„Da nun die Herren alle zur Stelle sind", fuhr d'Artagnan fort, „Sei es mir gestattet, mich zu entschuldigen." Bei diesem Wort runzelte Athos die Stirn, Porthos lächelte geringschätzig und Aramis schüttelte den Kopf. „Ihr versteht mich falsch, meine Herren. Ich bitte um Entschuldigung für den Fall, dass ich nicht allen dreien meine Schuld abtragen kann, denn Herr Athos hat schließlich ein erstes Anrecht darauf, mich zu töten, wodurch Eure Forderung, Herr Porthos, erheblich an Wert verliert und die Eure, Herr Aramis, nahezu hinfällig wird. Deswegen, aber auch nur deswegen meine Entschuldigung, die ich hiermit wiederhole. Doch jetzt zur Sache!" Und mit der ritterlichsten Geste zog d'Artagnan seinen Degen.* «

Mit freundlicher Genehmigung des Übersetzers Herbert Bräuning.

Spiel 78: Duellieren

Alter: ab 13 Jahre

Dauer: 30 Minuten

Material: Degen aus Karton

So geht es: Der Spielleiter liest den Ausschnitt vor und teilt die Teilnehmer in Vierergruppen ein. Jede sucht sich einen Platz im Raum und bestimmt, wie gekämpft wird: jeder gegen jeden, drei gegen einen oder zwei gegen zwei. Danach werden verschiedene Duelliertechniken des Angriffs und der Verteidigung geübt (Beispiel: Wenn einer sticht, muss sich der andere bücken).

Variante: Je zwei Teilnehmer proben ein Duell als Schattenspiel und führen es auf.

Schreibspiele

Schreiben ist für diese Altersstufe die unproblematischste Beschäftigungsform, vorausgesetzt, sie kann anonym stattfinden.
Der Spielleiter sollte sich zuvor darüber klar werden, ob in der Gruppe genügend Vertrauen herrscht, sodass niemand fürchten muss, etwa wegen einer Äußerung gehänselt zu werden. Schreiben ist in diesem Alter eine sehr persönliche Form des Ausdrucks. Am Anfang sollten die Schreibaufträge nicht zu lang sein. Ein kurzes Gedicht oder eine Meinung, die in wenigen Sätzen aufgeschrieben werden kann, genügen. Nach und nach können die schriftlichen Äußerungen dann länger werden und mehr Struktur erhalten.

Buch:	Schreibspiel:
• **Anne Frank Tagebuch** *(Anne Frank)*	• **Tagebuch der Sehnsucht**
• **Oliver Twist** *(Charles Dickens)*	• **Ein Polizeibericht**
• **Robinson Crusoe** *(Daniel Defoe)*	• **Der Zukunftstraum**
• **Der Herr der Ringe** *(John Ronald R. Tolkien)*	• **Die Geschenkliste**
• **Gute Nacht, Zuckerpüppchen** *(Heidi Glade-Hassenmüller)*	• **Der Zeitungsbericht**
• **Mit dem Rücken zur Wand** *(Klaus Kordon)*	• **Das Lebensgedicht**

Anne Frank Tagebuch

Ausgabe: • Fischer Verlag (11377), 1997. ISBN 3-596-11377-6.

Thema: • Krieg; Tagebuch/Briefe schreiben

Kriterium: • wichtiges Werk

Kurze Inhaltsangabe: • Anne Frank ist ein jüdisches Mädchen, das während des zweiten Weltkriegs mit seiner Familie untertaucht. Mehrere Jahre wohnen sie über einem Büro auf einem Speicher, dessen Eingang niemand sehen kann. Die Gruppe wird im Laufe der Zeit immer größer.
Mit Peter, dem Sohn der Familie van Daan, versteht Anne sich sehr gut. Doch ihr einzig wahrer Freund ist ihr Tagebuch, in dem sie alles aufschreibt. Als die „Grüne Polizei" eine Razzia durchführt, werden alle verhaftet und deportiert. Anne hat den Krieg nicht überlebt.

Ausschnitt (S. 182/183): » *Samstag, 12. Februar 1944*
Liebe Kitty!
Die Sonne scheint, der Himmel ist tiefblau, es weht ein herrlicher Wind, und ich sehne mich so, sehne mich so nach allem... Nach Reden, nach Freiheit, nach Freunden, nach Alleinsein. Ich sehne mich so ... nach Weinen! Ich habe ein Gefühl, als ob ich zerspringe, und ich weiß, dass es mit Weinen besser würde. Ich kann es nicht. Ich bin unruhig, laufe von einem Zimmer ins andere, atme durch die Ritze eines geschlossenen Fensters, fühle mein Herz klopfen, als ob es sagt: „Erfülle doch endlich meine Sehnsucht."
Ich glaube, dass ich den Frühling in mir fühle. Ich fühle das Frühlingserwachen, fühle es in meinem Körper und in meiner Seele. Ich muss mich mit Gewalt zusammennehmen, um mich normal zu verhalten. Ich bin völlig durcheinander, weiß nicht, was zu lesen, was zu schreiben, was zu tun ist, weiß nur, dass ich mich sehne ...
Deine Anne «

aus: „Die Tagebücher der Anne Frank", 1988, deutsch von Mirjam Pressler

Spiel 79: Tagebuch der Sehnsucht

Alter: ab 13 Jahre

Dauer: 20 Minuten

So geht es: Der Spielleiter liest den Ausschnitt vor. Die Teilnehmer sollen selbst ein Stückchen Tagebuch schreiben, in dem sie erzählen, wonach sie sich sehnen würden, wenn sie eingesperrt wären. Formal soll der Eintrag genauso aussehen wie Annes Tagebuchpassage, also zuerst das Datum, dann die Anrede – Liebe Kitty; bei Jungen z.B. Lieber Karl – und mit dem eigenen Namen unterzeichnet sein.

Variante: Die Gruppe schreibt Anne einen Brief zurück. Wir wissen zwar, dass mit den so genannten Briefen an „Kitty" Annes Tagebuch gemeint war, aber wir tun so, als seien die Teilnehmer das nichtjüdische Mädchen Kitty, das den Ausschnitt oben als Brief erhält. Was schreibt sie ihr wohl zurück? Die Antwort soll mindestens eine halbe DIN-A4-Seite lang sein.

Vorher kann der Spielleiter mit der Gruppe Themen zusammentragen, die in dem Brief erwähnt werden können.

Oliver Twist

Ausgabe: • Ravensburger Verlag (RTB 2025), 1996. ISBN 3-473-52025-X.

Thema: • Banden; Diebstahl; Waisenkinder; triezen

Kriterium: • Klassiker

Kurze Inhaltsangabe: • Oliver Twist wird bei seiner Geburt Waise und wächst in einem Arbeitshaus auf, wo er es sehr schwer hat. Als er bei einem Beerdigungsunternehmer, der ihm einigermaßen wohl gesonnen ist, eine Stelle bekommt, scheint sich sein Leben zum Besseren zu wenden. Doch daraus wird nichts und Oliver flüchtet nach London, wo er sich einer Bande Taschendiebe anschließt. Er scheint zum Unglück verdammt zu sein. Bis sich „gute Menschen" seiner annehmen ...

Ausschnitt (S. 70): » *Im gleichen Augenblick wurde ihm das Geheimnis der Taschentücher, Uhren und der Kleinodien und des Juden klar. Er stand einen Augenblick still, und das Blut erstarrte ihm vor Entsetzen in den Adern, dann drehte er sich verwirrt und voller Angst um und fing an davonzulaufen, so schnell er nur konnte, ohne zu wissen, was er tat.*

All dies spielte sich in einer Minute ab; aber im gleichen Augenblick, als Oliver zu rennen anfing, griff der alte Herr nach seinem Schnupftuch in die Tasche und wandte sich rasch um, als er es nicht finden konnte. Als er den Knaben so Hals über Kopf davonstürzen sah, kam er natürlich gleich auf den Gedanken, von ihm bestohlen worden zu sein, und er lief, das Buch in der Hand, mit dem Ruf hinter ihm her: „Haltet den Dieb!" «

Spiel 80: Ein Polizeibericht

Alter: ab 13 Jahre

Dauer: 10 Minuten

So geht es: Der Spielleiter liest den Ausschnitt vor. Die Teilnehmer sollen einen Polizeibericht über den Diebstahl schreiben. Die Jugendlichen sollen sich vorstellen, dass ihr Bericht an alle Polizeidienststellen in ihrer Umgebung geschickt wird, damit alle Polizisten nach dem Täter Ausschau halten können. Also ist es wichtig folgende Schlüsselbegriffe einzubauen: wer, was wo, wann und wie. Danach liest jeder seinen Bericht vor.

Daniel Defoe

Robinson Crusoe

Ausgabe: • Dressler Verlag, 1998. ISBN 3-7915-3563-3.

Thema: • Schiffbrüchige; Überleben; Einsamkeit

Kriterium: • Klassiker

Kurze Inhaltsangabe: • Sein Vater wünscht, dass er studiert, aber Robinson will zur See fahren. Ohne seinen Eltern etwas zu sagen, verwirklicht er seinen Traum. Nach mehreren Schiffsreisen, die alle gut enden, erleidet er Schiffbruch und wird als einziger Überlebender auf einer unbewohnten Insel angespült. Als die Zivilisation ihn nach 27 Jahren wiederbekommt, sind seine Eltern längst tot.

Ausschnitt (S. 7, Anfang des Buches): » *Nach dem Wunsch meines Vaters sollte ich Rechtsgelehrter werden, aber mein Kopf war voll von fantastischen Plänen. Ich träumte davon, ein Seemann zu werden, die Welt zu umsegeln und gefährliche Reisen zu unternehmen, hörte nicht auf die Ermahnungen, ja, die Befehle meines Vaters, und meine Sehnsucht nach Abenteuern machte mich taub gegen die Bitten meiner Mutter.* «

Mit freundlicher Genehmigung des Cecilie Dressler Verlages.

Spiel 81: Der Zukunftstraum

Alter: ab 13 Jahre

Dauer: 20 Minuten

So geht es: Der Spielleiter liest den Ausschnitt vor und stellt den Teilnehmern die Aufgabe, eine Seite über ihren Zukunftstraum zu schreiben. Welchen Traum habt ihr, und was macht ihn für euch so ideal? Der Spielleiter schreibt ebenfalls eine Geschichte und kann als Erster vorlesen.

Variante: Bei dem Ausschnitt handelt es sich um den Anfang des Buchs. So beginnt die Geschichte. Jeder Teilnehmer soll zwei andere Anfänge schreiben, in denen er die Informationen aus dem Ausschnitt verarbeitet. Dann wird vorgelesen.

John Ronald R. Tolkien

Der Herr der Ringe

Ausgabe: • Teil 1: Die Gefährten. Klett-Cotta Verlag, 1987. ISBN 3-608-95211-X.

Thema: • Fantasiewesen; böse und gute Mächte

Kriterien: • Klassiker; Fantasy-Roman

Kurze Inhaltsangabe: • Die drei Bände des Romans handeln von dem Land Mittelerde, in dem die seltsamsten Wesen, böse und gute Mächte, Elfen und Zauberer leben. Der Ring besitzt Urkräfte, die in den Händen des alten Bilbo Beutlin zum Leben erwachen. Frodo Beutlin erbt den Ring und reist in das Land der bösen Mächte, wo der Ring vernichtet werden soll.

Ausschnitt (S. 54/55): »*Drinnen in der Halle türmten sich alle möglichen Pakete und Päckchen und kleinere Möbelstücke. An jedem war ein Zettel befestigt. Verschiedene lauteten etwa derart:*
Für Adelard Tuk zum BEHALTEN von Bilbo; an einem Regenschirm. Adelard hatte viele mitgenommen, die ihm nicht zugedacht waren.
Für DORA BEUTLIN zur Erinnerung an eine LANGE Korrespondenz in Liebe von Bilbo; an einem großen Papierkorb. Dora war Drogos Schwester und die älteste überlebende Verwandte von Bilbo und Frodo; sie war neunundneunzig und hatte seit einem halben Jahrhundert ganze Bände von guten Ratschlägen geschrieben.
Für MILO LOCHNER in der Hoffnung, dass es nützlich sein wird, von B.B.; an einer goldenen Feder und einem Tintenfass. Milo hatte niemals Briefe beantwortet.«

John Ronald R. Tolkien. Der Herr der Ringe. Teil 1: Die Gefährten. Aus dem Engl. von Margaret Carroux. Gedichtübertragungen von E.-M. von Freymann. © 1966 by George Allen & Unwin Ltd., London. Published by arrangement with Harper Collins Publishers Ltd., London. Stuttgart, Klett-Cotta, 1987

Spiel 82: Die Geschenkliste

Alter: ab 13 Jahre

Dauer: zwei Gruppentreffen (eins zum Ausdenken und Beschreiben, eins zum Einrichten der Ausstellung)

So geht es: Der Spielleiter erzählt, dass der alte Bilbo Beutlin 111 Jahre alt geworden ist und es bei den Hobbits üblich ist, dass das Geburtstagskind den anderen etwas schenkt. Als Bilbo plötzlich verschwindet, hinterlässt er für einige Familienmitglieder und Freunde typische Geschenke und Bemerkungen über sie. Darüber führt der Spielleiter mit den Teilnehmern ein Gespräch: Wie würdet ihr eure letzten Sachen verschenken und was würdet ihr dazu schreiben? Überlegt euch einen Gegenstand, den ihr jemandem schenken wollt. In Vierergruppen wird einige Minuten darüber nachgedacht. Anschließend schreibt jeder sein Geschenk und die dazugehörige Geschichte für den Empfänger auf. Beim nächsten Treffen werden die Sachen mitgebracht und ausgestellt. Wenn die Ausstellung schön geworden ist, kann sie auch anderen gezeigt werden.

Heidi Glade-Hassenmüller

Gute Nacht, Zuckerpüppchen

Ausgabe: • Georg Bitter Verlag, 1992. ISBN 3-7903-0372-0.

Thema: • sexueller Missbrauch; Stiefeltern

Kriterien: • das Thema und die Bearbeitung

Kurze Inhaltsangabe: • „Gute Nacht, Zuckerpüppchen", sagt Gabys neuer Vater immer zu ihr. Vom ersten Tag an, an dem Anton Malsch zu Gaby, ihrer Mutter und ihrem Bruder ins Haus kommt, ist er auf die kleine Gaby ganz versessen. Aber seine Zuneigung geht über unschuldige Liebkosungen weit hinaus. Mehr als 12 Jahre lang wird Gaby von ihm sexuell missbraucht. Doch wie setzt man einer solchen Grausamkeit ein Ende, wenn man das Gefühl hat, sie niemandem erzählen zu können oder zu dürfen?

Ausschnitt (S. 31): » *Die Rektorin kam auf sie zu. „Setze dich, Gabriele. Wir müssen dich etwas fragen. Elli hat uns gesagt, dass sie gestern Nacht bei dir geschlafen hat." „Ja", sagte Gaby tonlos.*
„Elli ist deine Freundin, nicht wahr?"
Sie war es, wollte Gaby die Rektorin verbessern, aber sie schwieg, nickte. „Elli erzählt uns nun, dass dein Vater sie, nun ja", die Rektorin sah unsicher zu Ellis Mutter und dann zu Schwester Agnes: „Dein Vater hätte sie unkeusch angefasst". Er hat es wirklich getan, schrie es in Gaby. Sie sagte nichts. «

zitiert nach: Heidi Glade-Hassenmüller: Gute Nacht, Zuckerpüppchen

Spiel 83: Der Zeitungsbericht

Alter: ab 14 Jahre

Dauer: zwei Vor- oder Nachmittage

So geht es: Der Spielleiter erzählt den Teilnehmern kurz, worum es in der Geschichte geht, und liest dann den Ausschnitt vor. Er dient als Ausgangspunkt für einen Zeitungsbericht. Die Teilnehmer sind Redakteure einer Tageszeitung, die über den Fall berichten sollen. In Dreiergruppen wird ein etwa 15 Zeilen langer Artikel mit Schlagzeile geschrieben, der folgende Fragen beantwortet: Wer sind die Beteiligten? Was ist passiert? Wo und warum passierte es und warum sagt Gaby nichts? Dann wird vorgelesen.
Als Anregung können „echte" Zeitungsartikel zu dem Thema gelesen werden.

Variante: Der Spielleiter bespricht mit den Teilnehmern, aus welchen Gründen Mädchen wie Gaby wohl keinem etwas erzählen. Häufig schämen sie sich oder der bzw. die Täter hat/haben es ihnen verboten. Wie überzeugt man diese Kinder davon, trotzdem mit einer Person, der sie vertrauen und die ihnen helfen kann, zu sprechen? Gemeinsam beratschlagen die Teilnehmer über Aktionen, wobei gegebenenfalls auch bestehende Hilfsinstanzen eingeschaltet werden. Vielleicht ist es möglich, die Ergebnisse in der Schule zu zeigen.

Klaus Kordon

Mit dem Rücken zur Wand

Ausgabe: • Beltz & Gelberg Verlag, 1996. ISBN 3-407-80061-4.

Thema: • Deutsche Politik 1932–1933, Mensch und Politik

Kriterien: • Gesellschaft und Politik zur Zeit der Machtergreifung Hitlers

Kurze Inhaltsangabe: • Der 15-Jährige Hans will eigentlich nichts mit Politik und dem damit verbundenen Fanatismus seiner Umgebung zu tun haben. Sein Vater ist Kommunist, seine Freundin Mieze Jüdin und der Freund seiner Schwester Martha ein Anhänger Hitlers. Als Hitler und die Nazis jedoch zu einer immer größeren Bedrohung werden, entschließt sich Hans, zusammen mit Mieze gegen den neuen Reichskanzler und sein Regime zu kämpfen.

Ausschnitt (S. 12): »*Wir hämmern auf die Schreibmaschinen.*
Das ist genau, als spielten wir Klavier.
Wer Geld besitzt, braucht keines zu verdienen.
Wir haben keins. Drum hämmern wir.
So geht ein Gedicht, das Martha sich aus einer Zeitung ausgeschnitten hat.
Erich Kästner heißt der Autor. Es ist das einzige Gedicht, das Martha kennt,
aber sie liebt es sehr, weil es ihr Leben beschreibt, wie sie sagt – ein Arbeitsleben,
nicht viel anders als in der Fabrik.«

Mit freundlicher Genehmigung des Beltz Verlages.

Spiel 84: Das Lebensgedicht

Alter: ab 13 Jahre

Dauer: 40 Minuten

So geht es: Der Spielleiter liest den Ausschnitt vor. Die Teilnehmer bekommen 20 Minuten Zeit, ein achtzeiliges Gedicht über ihr Leben zu machen. Es kann von ihrem Leben zu Hause, im Sportverein oder in der Schule handeln.
Wenn alle fertig sind, wird vorgelesen.

Variante: Welche Gedichte kennen die Teilnehmer oder welches finden sie schön? Jeder sucht sich ein Gedicht aus, das ihm gut gefällt, und trägt es vor. Dazu erzählt er, warum es ihn so anspricht. Einige vom Spielleiter mitgebrachte Gedichtbände können bei der Auswahl helfen. Dann erhält jeder ein Blatt Papier (DIN A4), das er mit dem Text seines Gedichts und einem Bild schön gestaltet.
Wenn alle Blätter fertig sind, werden sie zu einem Buch gebunden, das im Raum ausgelegt wird und jederzeit eingesehen werden kann.

Lust auf Lesen . . .

Literatur-Kartei:

❑ „Anne Frank Tagebuch"

Uta Hartwig

Kein anderes Buch zum Nationalsozialismus ist bisher so erfolgreich gewesen. Die Aufzeichnungen der auch als Schriftstellerin begabten Anne Frank ermöglichen insbesondere jungen Lesern eine Identifikation mit der Situation, den Ängsten und Hoffnungen des untergetauchten Mädchens. Die Literatur-Kartei geht über ein textimmanentes Erschließen des Textes hinaus. Wo immer möglich, wird der aktuelle Bezug gesucht. Anhand der vielen projektbegleitenden Arbeitsanregungen setzen sich die SchülerInnen selbstständig auseinander mit: den geografischen Stationen von Anne Franks Lebensweg, Judengesetzen, Zionismus, Kriegsalltag, Pogromen, Widerstandskämpfern, Flüchtlingen und auch mit dem Problem Pubertät. Aber auch die Psychologie einer solchen Extremsituation kann für uns lehrreich sein: ein Gefühlsbarometer ordnet die verschiedenen Stimmungen der Anne Frank, ein Gruppenprofil verdeutlicht die Beziehungen der acht Untergetauchten untereinander. Viele ergänzende Informationen können die SchülerInnen aus den aufgeführten Internetadressen erarbeiten. So erhalten Sie aktuelle Informationen, die Sie in dieser speziellen Form kaum in einem Geschichtsbuch finden werden.

Ab Kl. 6/7, 90 S., A4, Papph.
ISBN 3-86072-406-1
Best.-Nr. 2406 38,- DM/sFr/277,- öS

Literatur-Kartei:

❑ „Ben liebt Anna"

Markus Rolfes, Sigrid Südhoff

Liebe ist nicht erst was für Erwachsene. Der 9-jährige Ben und das gleichaltrige Aussiedlermädchen Anna wissen das jedenfalls genau. Sie haben sich ineinander verliebt und sind eine Weile zusammen gegangen. Sie haben ihre Gefühle ernst genommen und sie in Familie und Klasse durchgeboxt. Von den Freuden und Schwierigkeiten der ersten Liebe erzählt Peter Härtlings Kinderroman „Ben liebt Anna". Die Arbeitsblätter dieser Kartei vertiefen die Lektüre und bieten Schreibanlässe, motivieren zu Rollenspielen und Gesprächen übers Verliebt- und Anderssein und das Rauslassen der eigenen Gefühle. Eine Literatur-Kartei für Mädchen und Jungen über Mädchen und Jungen.

Ab Kl. 4/5, 75 S., A4, Papph.
ISBN 3-86072-161-5
Best.-Nr. 2161 36,- DM/sFr/263,- öS

❑ Text- und Geschichtenwerkstatt

Beat Rusterholz

Wer kennt sie nicht, die Quälerei mit den Aufsatzthemen, die gähnende Leere des weißen Blattes? Dass es SchülerInnen Spaß machen soll, Texte und Geschichten zu verfassen, kreativ und spielerisch mit Sprache umzugehen, steht zwar in keinem Lehrplan, ist aber die Devise dieser Werkstatt. Mit 90 zündenden Ideen rund um das Freie Schreiben, geordnet in 10 Arbeitsbereiche (Satz-, Bilder- und Wörtergeschichten, Schau-Genau-Texte, Scherbengeschichten, Schreibspiele u.v.m.), lässt sich mit einem Funken Kreativität ein Feuerwerk verschiedenster Geschichten schaffen. Eine produktive und vergnügliche Vielfalt von Schreibanlässen, von einfachen Übungen bis zum anspruchsvollen Text.

Kl. 5–7, 78 S., zweifarbig, A4, Papph.
ISBN 3-86072-146-1
Best.-Nr. 2146 36,- DM/sFr/263,- öS

Literatur-Kartei:

❑ „Rolltreppe abwärts"

Bea Herrmann, Anneli Kinzel

Mit einem verlorenen Schlüssel fing alles an. Drei geklaute Bonbons und die Begegnung mit Axel – auch Kaufhaustreppen können auf die schiefe Bahn führen. Der 13-jährige Jochen begibt sich in eine Sackgasse – Fluchtweg ausgeschlossen. Die nächsten Diebstähle sind nicht mehr ganz so klein. Jochen wird erwischt und landet im Erziehungsheim. Aber dort wird alles nur noch schlimmer ... Differenziert und einfühlsam beschreibt Hans-Georg Noack Jochens Rutschbahn in die Kriminalität. Er verzichtet dabei auf Schuldzuweisungen und zeigt stattdessen einen komplexen Teufelskreis auf, in dem Täter zu Opfern werden und umgekehrt. Diebstahl, Erziehungsheim oder Jugendgefängnis – wo ist der Schalter, der die Rolltreppe abwärts anhält? Inwieweit spielen eigene Probleme, Zufälle oder (Re-)Aktionen der Umwelt eine Rolle? Dumme Streiche oder kriminelle Handlungen – wo sind die Grenzen? Mittels dieser Literatur-Kartei können die SchülerInnen sich der Problematik „Jugendkriminalität" annähern und selber Stellung beziehen. Ein Sachteil zum Jugendstrafvollzug vermittelt Informationen für Diskussionen.

Ab Kl. 6, 77 S., A4, Papph.
ISBN 3-86072-282-4
Best.-Nr. 2282 36,- DM/sFr/263,- öS

❑ Lesetraining – vom Amateur zum Profi

Techniken, Spiele, Tricks

Lilo Seiler, Andreas Vögeli

In Ihrer Klasse sitzen neben echten Leseprofis sicher auch SchülerInnen, die lesetechnisch noch Schwierigkeiten haben. Das Buch enthält kurze Übungsbausteine, die sich unabhängig voneinander bearbeiten lassen: Konzentrations- und Blicktraining, Satz- und Wortreihen-folgen, Text-Bild-Kombinationen etc. Jedes Kapitel trainiert schwerpunktmäßig eine lesetechnisch wichtige Fertigkeit.

Ab Kl. 5, 103 S., A4, Pb.
ISBN 3-86072-201-8
Best.-Nr. 2201 38,- DM/277,- öS

Tolle Ideen

❑ Lesen üben, Lesen fördern

Irene Yates

Lesen lernen ist der Einstieg in eine neue, abstrakte Welt voller Rätsel und Abenteuer. Wieso gelingt es uns so sel-ten, Kinder auf Dauer für diese neuen Welten zu interessieren? Wieso ist das Lesen für viele „etwas, das wir in der Schule machen müssen"? Hier setzt „Tolle Ideen: Lesen üben, Lesen fördern" an: In drei Teilen – „Zum Lesen kommen", „Weiterlesen" und „Auf Gelesenes reagieren" – präsentiert der Band über 100 Lernideen, die das erste Lesen zu einem ebenso spannenden wie kreativen Erlebnis machen. Die Kinder schnippeln und kleben, sortieren, singen und rätseln. Und während die Wortkarten-Schlange wächst, die Kinderbuchfigur im Klassenraum lebendig wird oder die Talkshow ihren Höhepunkt erreicht, wird lästiger Buchstabensalat zur Delikatesse für junge Sprachgourmets. Flexible Ansätze halten den Kindern dabei individuelle Lernmethoden offen. Und Weiterlesen? Keine Frage!

6–11 J., 128. S., A4-quer, Pb.
ISBN 3-86072-312-X
Best.-Nr. 2312 24,80 DM/sFr/181,- öS

❑ Sprachschatz

Werkstatt für einen kreativen Sprachunterricht

Beat Rusterholz

Sprachspiele, Tricks, Geschichten und Erkundungen – alle Übungen dieser Arbeitsmappe lassen sich alleine, zu zweit oder in Gruppen, unkompliziert ohne viel Aufwand flexibel nutzen. Die Kartei ist ideal als „Werkstatt" in Ergänzung zum Unterricht „nach Lehrbuch", bietet aber zugleich eine vielfältige Ideensammlung für eine abwechslungsreiche Erarbeitung der verschiedenen Bausteine deutscher Sprache.

Kl. 4–6, 103 S., A4, Papph.
ISBN 3-86072-271-9
Best.-Nr. 2271 36,- DM/sFr/263,- öS

❑ Arbeitsblätter Deutsch

Literatur, Lyrik, eigene Texte

Rolf Esser

Direkt einsetzbare Ideen für den Umgang mit Literatur und Lyrik im Unterricht. Texte und Arbeits- blätter zu Kurzgeschichten – jetzt auch mit dem kompletten Text der Geschichten von Hemingway, Bichsel, Borchert u.a. –; zu populären Jugendbüchern – z.B. von Härtling, Nöstlinger und Pausewang – und zu lyrischen Texten von Brecht, Kästner u.a. Neben dem „Standardinstrumentarium" – Textanalyse, Beschreibung, Interpretation usw. – stehen Anregungen für einen kreativen Umgang mit den Texten: Hörspiele, Fabeln, Bildergeschichten, Trivialromane, Satiren, Fantasien und Stimmungsbilder sollen erarbeitet werden. Auf 18 Arbeitsblättern finden Sie zudem schülergerecht formulierte Hilfen für das Abfassen von Erörterungen, Gliederungen, Referaten, Flugblättern und Formblättern. Mehr Ideen braucht kein Unterricht!

Ab Kl. 6, 96 S., A4, Papph.
ISBN 3-927279-87-0
Best.-Nr. 0987 36,- DM/sFr/263,- öS

❑ Unendlich viel Geschichten

Geschichten erfinden mit Rollenkarten

Winfried Kneip

„Ich weiß nicht, was ich schreiben soll ..." – Damit ist es jetzt vorbei: Von jetzt an ist das Texte schreiben spannender als die Ziehung der Lottozahlen ... Die Kinder arbeiten einzeln oder in Gruppen und ziehen unterschiedliche Karten, nach denen sie ihre Texte wie in einem Rollenspiel entwickeln. Fünf unterschiedliche Kategorien von Spielkarten bilden die Grundlage für diese Textwerkstatt: Typenkarten (Geheimagent, Flaschengeist ...), Actionkarten (wilde Verfolgungsjagd, Ramschtag im Kaufhaus...), Ortskarten (verwunschenes Schloss, Kaff in Bayern ...), Genrekarten (Kasperletheater, Gruselgeschichte ...) und Hinderniskarten (das Böse siegt ...). Die Spielregeln richten sich nach dem Leistungsstand der Klasse. Die Kombinationsmöglichkeiten der Karten sind beliebig und fast unendlich. So ergeben sich spannende Konstellationen: Wann wird der Mann im Mond mit seiner Band im Altersheim auftreten? Was macht Pippi Langstrumpf auf einem mittelalterlichen Ritterturnier? Die Geschichten können aufgeschrieben, erzählt oder gespielt werden und sind deswegen auch hervorragend für differenzierende Aufgabenstellungen geeignet.

Kl. 4–7, 44 S., A4, Papph.
ISBN 3-86072-374-X
Best.-Nr. 2374 26,- DM/sFr/190,- öS

❑ Literaturwerkstatt Grundschule

Eine Fundgrube für fix und fertige Kopiervorlagen

P. Carey, C. Holzschuher, S. Kilpatrick

Arbeitsblätter für alle Vorkommnisse im Buchalltag, damit das Werkeln an Texten Spaß macht. Handlung strukturieren, Figuren skizzieren, Probleme erkennen und Sprache analysieren. Was bedeutet dieses Wort? Wer ist die Hauptperson? Die lustigen Mal- und Arbeitsblätter, Rätsel, Spiel- und Bastelanleitungen lassen sich für jeden beliebigen Lesestoff einsetzen.

Ab Kl. 2, 105 S., A4, Papph.
ISBN 3-86072-234-4
Best.-Nr. 2234 36,- DM/sFr/263,- öS

❑ Wir spielen Theater

Zehn Theaterspiele für die Grundschule von der Einschulung bis zur Abschlussfeier

Bernhard Görnig

Das ganze Jahr über gibt es Theater genug! Von der Einschulung bis zur Abschlussfeier, von der Komödie bis zum Krippenspiel. Zehn Theaterstücke für Kinder in der Grundschule. Brandneue Stücke, aber auch Neuauflagen wie „Hase und Igel" mit einem positiveren Schluss oder „Sterntaler 2000". Alle Stücke sind in der Praxis entstanden und mehrfach erprobt. Vom Drei-Personen-Ensemble über Stücke für 10–15 Kinder bis zur Klassenaufführung ist alles möglich. Zu jedem Theaterspiel finden Sie Angaben über Zahl und Alter der Kinder, Rollen, Requisiten, Regieanweisungen und Musik. Dazu kommen Vorschläge und Anleitungen für die Gestaltung des Bühnenbildes, der Requisiten und Kostüme – unterstützt von erklärenden Abbildungen. Alle Kinder arbeiten aktiv mit: als Schauspieler, aber auch als Kostüm- oder Maskenbildner, Musiker, Tänzer, Bühnentechniker oder Regieassistent. Und am Ende bekommen sie alle das Brot des Schauspielers: Applaus!

Ab Kl. 2, 128 S., A4, Papph.
ISBN 3-86072-430-4
Best.-Nr. 2430 38,- DM/sFr/277,- öS

Dies ist nur ein kleiner Auszug aus unserem aktuellen Programm. Gerne senden wir Ihnen den kostenlosen Gesamtkatalog.

Verlag an der Ruhr

Postfach 10 22 51, D-45422 Mülheim an der Ruhr
Alexanderstr. 54, D-45472 Mülheim an der Ruhr
Tel.: 0208/49 50 40, Fax: 0208/495 0 495
e-mail: info@verlagruhr.de

Sie können direkt beim Verlag an der Ruhr bestellen oder über den örtlichen Buchhandel.

❑ Bitte senden Sie mir Ihren Katalog
❑ Hiermit bestelle ich die angekreuzten Titel

Name

Anschrift

PLZ Ort

Datum Unterschrift

Spiele zu Kinder/Jugendbüchern 5-99